MW01585015

COLLECTION FOLIO

Jocelyne Saucier

Les héritiers
de la mine

Denoël

© *Éditions XYZ inc., 2006.*
© *Éditions Denoël, 2015.*

Née au Nouveau-Brunswick (Canada) en 1948, Jocelyne Saucier est une romancière québécoise. Elle a fait des études de sciences politiques et de journalisme. Elle est notamment l'auteure de quatre romans, *La vie comme une image* (XYZ, 1996), *Jeanne sur les routes* (XYZ, 2006), *Les héritiers de la mine* (XYZ, 2006 ; Denoël, 2015 ; Folio n° 6196) et *Il pleuvait des oiseaux* (XYZ, 2011 ; Denoël, 2013 ; Folio n° 5874). Son œuvre, saluée par la critique et couronnée de nombreux prix littéraires et d'honneurs, a été traduite dans plus d'une dizaine de pays.

À Gilles

Quand le vieux hibou aux dents vernissées de nicotine a posé la question, j'ai cru que nous étions partis pour le folklore.

Je n'ai rien contre. J'adore ce moment où je sens que notre famille se glisse dans la conversation et qu'on va me poser la question.

Notre famille est l'émerveillement de ma vie et mon plus grand succès de conversation. Nous n'avons rien en commun avec personne, nous nous sommes bâtis avec notre propre souffle, nous sommes essentiels à nous-mêmes, uniques et dissonants, les seuls de notre espèce. Les petites vies qui ont papillonné autour s'y sont brûlé les ailes. Pas méchants, mais nous montrons les dents. Ça détalait quand une bande de Cardinal décidait de faire sa place.

— Mais combien étiez-vous donc?

La question appelle le prodige et j'en ai plein qui m'étourdissent. Je ne sais pas si j'arrive à dissimuler ma fierté quand je les vois répéter en chœur, ahuris et stupides :

— Vingt et un ? Vingt et un enfants ?

Les autres questions arrivent aussitôt, toujours les mêmes, ou à peu près : comment nous faisions pour les repas (la dimension de la table, inévitablement, une femme veut savoir), comment nous parvenions à nous loger (combien de chambres ?), comment c'était à Noël, à la rentrée des classes, à l'arrivée d'un nouveau bébé, et votre mère, elle n'était pas épuisée par tous ces bébés ?

Alors je raconte. La maison que notre père avait déménagée de Perron à Norcoville après avoir découvert la mine. Les quatre cuisines, les quatre salons, les quatre salles de bains minuscules (nous disions « le cagibi » : il n'y avait ni bain ni lavabo) ; c'était une maison de quatre logis, notre père s'était contenté de défoncer des murs. Je leur en mets plein l'estomac. Les deux douzaines d'œufs le matin, les cent livres de patates à la cave, les batailles avant l'école pour retrouver nos bottes, les batailles le soir pour nous faire une place devant la télé, les batailles tout le temps, pour rien, par plaisir, par habitude. Le folklore.

Je raconte ce qu'on m'a raconté. J'ai été privé de la plus belle partie de notre vie de famille, quand nous étions Big, quand nous étions à peu près tous à la maison et que nous nous émerveillions de ce qui nous attendait lorsque, l'un après l'autre, nous quitterions Norco et que nous nous lancerions à la conquête du monde. L'époque de Geronimo, du GrandJaune, de LaTommy, d'ElToro. Les années soixante. La mine était fermée, Norco s'effritait, les maisons disparaissaient (on les déménageait ou nous les brûlions), la broussaille envahissait les carrés de ciment, la mauvaise herbe broutait les rues défoncées : nous régnions sur Norco. Norco qui aurait dû s'appeler Cardinal, parce que le zinc de cette mine, c'était notre père qui l'avait découvert et qu'on lui avait volé.

Je n'étais pas né quand on l'a fermée. Consternation, accablement et lamentations dans les cahutes, mais pas chez nous. Nous avions notre grand jour. La Northern Consolidated venait de se prendre les pieds dans la finance internationale, avait suivi la chute du prix du zinc, sombré dans le gouffre et fait pipi dans son pipi. Nous n'allions surtout pas pleurer : notre mine nous était revenue.

Je suis né un an plus tard, malingre et le crâne pointu, ce qui m'a valu d'être le dernier, le vingt et unième, et d'être surnommé LeFion. Quand il a vu le petit tas d'os hurleur dans le berceau, notre père (à cause des forceps ? parce que je déparais la lignée ?) a décidé qu'il n'y en aurait pas d'autres.

Le petit dernier donc, LeFion, celui qu'on portait sur sa hanche, sur ses épaules, qu'on se passait de main en main, toujours à la traîne et qui hurlait, criait et pleurait parce que je craignais d'être oublié quelque part. Dieu que j'ai crié et pleuré ! J'y pense et je sens encore dans ma gorge le larynx qui se tend et veut ouvrir, la brûlure de l'air dans le cri qui se gonfle, s'étire, s'entête à percer la note la plus aiguë et s'obstine encore quand il y en a un qui m'a déjà happé par le col ou la manche et m'entraîne là où ils vont tous, belle équipée de petits et grands Cardinal entremêlés qui se lancent à l'assaut d'une autre idée délirante.

Je ne pleurais pas vraiment. Je protestais. D'être si petit, si frêle et tellement sans défense. D'être si peu Cardinal. Les autres faisaient des courses à trente sous zéro, pieds nus dans la neige, et moi, on m'enfonçait une tuque jusqu'aux oreilles dès qu'apparaissaient les premières fraîcheurs de l'automne, à cause des otites que j'avais à répétition. Ils comparaient leurs engelures le lendemain et c'est à moi qu'on demandait de palper la plante enflée des pieds pour déterminer à qui revenait la plus belle cloque de froid. Ils boitaient, naturellement, pendant plusieurs jours, et si l'un avait une grimace de douleur, les autres pouffaient de rire.

Maigres mais avec une telle tension dans le muscle et le nerf qu'on les croyait prêts à bondir, continuellement en alerte, sur la ligne de départ d'une course ou aux aguets devant une proie dont ils ne feraient qu'une bouchée.

Nous sommes de la race des vainqueurs. De ceux qui ni ne fléchissent ni ne rompent, de ceux qui ne se laissent pas rogner l'instinct, qui ouvrent grand leurs ailes et courent devant l'épouvante. Nous étions les King à Norco.

J'étais sous leur protection et je ne craignais

rien, sauf d'être oublié dans la mêlée. Nous étions tellement nombreux.

Parfois, nous partions à huit ou dix. Nous allions mettre le feu à une maison abandonnée, chasser la bête à queue ou je ne sais quoi d'autre, ils ne me le disaient pas. Et, tout à coup, sans que je sache pourquoi, le groupe se séparait. Il y en avait trois ou quatre qui suivaient ElToro ou Tintin ou LeGrandJaune, les autres couraient dans l'herbe sèche, et moi, tout seul dans ce grand champ bosselé de restes d'habitations, je sentais l'espace se distendre de façon hallucinante et le hurlement de panique qui allait me râper la gorge. Bien souvent, je n'avais pas encore crié que j'entendais : «Ramasse LeFion!» Tintin, habituellement. Il s'était rendu compte que je m'étais détaché de l'expédition et envoyait Wapiti ou un autre des Titis à ma rescousse.

J'avais cinq ans, six ans, la ville m'apparaissait immense. Il suffisait pourtant que je sois sur le toit de tôle de la cabane à dynamite où nous allions glisser autant en hiver qu'en été, et j'en voyais toute l'étendue. De la caserne de pompiers qui ne servait plus mais rutilait de blanc au soleil (elle avait été construite juste avant la fermeture de la mine) jusqu'à ces masures de papier mâché qui s'égaillaient en bordure de forêt, il y avait trois vastes quadrilatères herbeux, et perdues dans la désolation, quelques maisons délabrées ou en voie de l'être. C'était pareil sur l'autre axe : de l'espace, de grandes herbes, des rues de bitume gris et vérolé, quelques constructions esseulées et, un peu partout, les monticules que laissaient les maisons qu'on avait transportées ailleurs : les fondations de ciment, les remises qui s'étaient affaissées, une carcasse d'auto qui n'avait pas voulu suivre. Et parfois, ô merveille, une maison coquette et proprette qui cultivait les fleurs et l'insolence. Comme celle des Potvin, qui avait déjà servi d'hôtel de ville. Deux enfants seulement. Le fils allait au collège, la fille au couvent, et leur mère jouait de l'orgue à l'église. Des riches que nous méprisions allègrement.

Norco s'était considérablement rétréci depuis la fermeture de la mine. Il y avait eu un cinéma, deux garages, des restaurants, des épiceries. Il nous restait la caserne de pompiers, la patinoire et l'abri des hockeyeurs, l'église et son presbytère, un restaurant-dépanneur-bureau de poste et, ce qui étonne toujours quand je raconte, deux hôtels et trois écoles.

Les écoles illustrent bien ce qu'on avait espéré de Norco. Une ville minière qui accueillerait prospérité, longévité et le bonheur des petits enfants. Le rêve n'a pas duré et il a fallu faire avec la désillusion et ces trois belles grandes écoles de brique rouge. C'est ainsi que, chaque matin, une dizaine d'autobus scolaires nous amenaient les enfants des villages avoisinants. Ils étaient tous fils de colons, culs-terreux, obligés à la traite des vaches et aux soins de l'étable, aucun entraînement à l'oisiveté, aucun goût pour la liberté, ils acceptaient le licou et le martinet, ils étaient à nous pour la journée.

J'hésite ici quand je raconte, car mon auditoire, bien souvent, est composé de gens qui ont connu une enfance semblable à celle de nos culs-terreux.

Nous n'étions pas des matamores de village. Nous n'étions pas des fanatiques de l'injure, des crocs-en-jambe, des nez qui saignent. Bien sûr, nous ne répugnions pas à une bonne bagarre. Une confrontation à mains nues qui a des allures de duel. Les yeux dans les yeux, les muscles en furie, les coups bien assenés et bien reçus, la douleur qui fait monter la rage. C'était formidable.

Nous n'étions pas non plus de ceux qui baissent les culottes des petites filles, qui chapardent des billes. Nous étions les King. Des vrais. Nous espérions tellement de nous et de la vie que tout ce qui nous entourait nous apparaissait dérisoire.

Alors, les culs-terreux, leur esprit lourdaud, leur application à ne rien comprendre, leur insignifiance étaient une source d'émerveillement continuel. Nous ne cessions de nous émerveiller de leur bêtise et de notre intelligence.

Geronimo était le plus intelligent. Du Cardinal à son plus pur. L'histoire veut que ce soit lui qui ait initié les commandos anti-culs-terreux, l'ours à la dynamite et la fête des chats. Quand je réussis à me faire raconter (nous sommes très peu bavards, sauf moi qui cherche toujours à amener la conversation sur notre vie à Norco), je suis assuré de voir apparaître Geronimo au faîte de l'histoire et, quel que soit celui qui m'en fasse le récit, je sais que j'entendrai cette même conclusion, ce même ton admiratif : « C'était le plus intelligent. »

Il n'avait que treize ou quatorze ans quand il a commencé à suivre notre père sur ses claims. Il partait très tôt le matin, son barda de prospecteur dans un sac de toile jaune en bandoulière, saluant d'un signe de la main la tablée du déjeuner, un signe destiné surtout aux plus grands pour bien marquer la distance qui les séparait maintenant qu'il courait les bois avec notre père. Il revenait tard le soir, sale, claqué, affamé, et si le lendemain il devait reprendre son sac d'écolier, il s'emmurait dans un silence rageur. Il a quitté l'école en neuvième année.

Personne ne s'est offusqué quand notre père l'a choisi comme assistant. C'était le plus intelligent mais aussi, comme m'a déjà dit Mustang, celui qui s'intéressait le plus à la roche. « Bien avant d'avoir été choisi, il avait commencé à étudier la roche. Aussitôt qu'il voyait LePère descendre à la cave, il le suivait et il restait là des heures à le regarder mirer et gratter ses échantillons. On les entendait parler. Geronimo posait des questions et LePère expliquait. »

Je suis allé très souvent à la cave me laisser transporter par l'idée de notre père découvrant une mine fabuleuse à partir d'un de ces cailloux. Il y en avait des centaines et des centaines, étiquetés et classés selon leur provenance dans des paniers qui s'étageaient sur des planches placées de guingois le long du mur ouest. Mais ce que je voyais n'avait d'autre effet que d'exalter l'admiration que j'avais pour notre père. Je ne comprenais rien à la rhyolite, à la galène, à la chalcopyrite, à tous ces mots précieux qu'il avait écrits de sa main, mais j'aimais les lire et m'imaginer qu'il m'instruisait de ses secrets.

Je n'aurais jamais eu l'audace de Geronimo. Descendre à la cave pendant que notre père y était et lui demander de m'expliquer. Il était tellement seul, et nous tellement nombreux, je ne pouvais concevoir qu'il ait du temps pour moi.

Je tremblais d'émotion s'il lui arrivait de poser sa main sur mon épaule. Alors, penser qu'il puisse avoir une conversation privée avec moi...

Je garde d'ailleurs un souvenir éprouvant du seul moment d'intimité que j'ai eu avec notre père. Intimité, il faut s'entendre. Nous étions une quinzaine. C'était mon anniversaire. J'avais sept ans, l'âge de raison, l'âge que choisissait notre père pour nous initier à la dynamite.

Il y avait les Titis, Les Jumelles, et puis Tintin, El Toro, Le Grand Jaune, Zorro, Mustang, en fait tous ceux que les Grands appelaient les Moyens et qui, depuis leur départ, étaient devenus les Grands pour les Titis. La Pucelle y était, et Geronimo aussi. Ils habitaient encore la maison, une situation incongrue en raison de leur âge, particulièrement dans le cas de La Pucelle qui, si je fais le compte, avait atteint les vingt-trois ans et qui, au lieu d'un mari et de deux-trois mioches, nous servait de mère, la nôtre étant trop occupée à ses chaudrons, trop occupée d'ailleurs pour être de la cérémonie. Et il y avait, bien sûr, notre père.

C'est à la carrière de sable que se faisait l'initiation à la dynamite. La fête commençait à notre départ de la maison. Nous nous entassions dans la fourgonnette de notre père, un vieux modèle Ford des années cinquante, et comme s'y trouvaient déjà ses tiges de forage, ses pics, ses pelles et ses sacs de roches, nous ne pouvions tous y prendre place et c'est à qui aurait le privilège de faire le voyage sur le capot, sur le pare-chocs arrière ou accroché à la portière, un pied sur le marchepied et l'autre dans le vide pour faire vibrer le plaisir. Nous nous égosillions pendant tout le trajet à chanter et à scander je ne sais quoi, notre père joignant le klaxon au tintamarre, un moment rare et absolument délicieux de notre vie de famille où on le voyait s'extraire de ses rêveries et s'associer à nos effronteries.

Moi, j'étais assis à sa droite, une place d'honneur qui m'était réservée pour la circonstance, et je me pétrissais le cœur d'inquiétude. Je ne craignais pas tant la dynamite que le contact long et intime avec notre père pendant que les autres observeraient.

Je connaissais le rituel. Il se répétait à l'anniversaire de chacun d'entre nous. L'automne était la saison la plus faste en dynamitages à cause des anniversaires de Tootsie, de Mustang, de Wapiti et des jumelles, mais il n'y en avait que deux à l'hiver (mes préférés : ce soulèvement de neige qui retombait en gerbes scintillantes était pure féerie) et le mien arrivait au dégel, juste avant la fête des chats.

Le maniement de la dynamite, je connaissais, nous connaissions tous. Sans avoir été initié et sans avoir vu de près. Notre père traçait de son bras un cercle imaginaire qui nous repoussait à une dizaine de pieds, laissant à l'intérieur du cercle lui et l'initié, de sorte que nous ne pouvions voir que leurs dos penchés sur les détails de l'opération. C'est après, à notre retour à la maison, que nous apprenions. L'initié avait le devoir de tout raconter. Comment il avait perforé la cartouche, comment il y avait glissé le détonateur, quelle longueur de mèche il avait coupée et, surtout, la partie la plus délicate et la plus terrifiante de l'opération, comment il avait réussi à atteindre la zone d'ignition tout en la préservant. Mais les murmures de notre père, ce qu'il lui avait dit quand leurs deux corps s'étaient frôlés au milieu du cercle magique, l'initié n'en disait mot. Chacun gardait pour soi cette conversation privée qu'il avait reçue en cadeau d'anniversaire.

Je me souviendrai toujours des premières paroles que mon père m'a adressées lorsque nous nous sommes retrouvés dans le cercle.

— As-tu peur ?

Il avait son petit sourire en coin et moi, trop jeunot pour y deviner une complicité masculine, j'ai cru devoir faire l'homme et j'ai répondu que non.

— Tu devrais. Si t'as pas peur de la dynamite,

t'es un homme mort. Moi, j'ai encore plus peur de la dynamite que des avocats. Ça m'a sauvé la vie bien des fois. La peur, c'est important.

La peur. La peur de se trouver sur un affleurement rocheux quand frappe l'éclair. La peur de vendre ses parts de mine trop tôt. La peur de la mèche qui a absorbé de l'humidité. La peur-prudence, la peur-méfiance, la peur-intuition. « La peur, c'est important, il faut l'écouter. » Il m'a confié ses peurs pour que je perde la mienne.

J'aurais dû être rassuré, mais c'était la première fois que j'avais à soutenir une conversation avec notre père. Il devenait, en cet instant précis, mon père à moi, et c'était un trop grand honneur pour mes sept ans. J'étais à la fois gonflé d'orgueil et transi d'humilité, empêtré dans mes émotions et dans mes mots, et tout d'un coup, je ne savais plus ce qu'étaient une cartouche, un détonateur, une mèche de tir. Il a été d'une patience infinie, reprenant ses explications, refaisant les mêmes gestes, et toujours cette recommandation : « Prends ton temps, s'il y a une chose que la dynamite n'aime pas, c'est la hâte », ou l'humidité, ou les chocs, « la dynamite est craintive, elle demande des précautions. » Et moi, je découvrais l'odeur de son haleine, la texture de sa peau, le contact de ses mains calleuses et l'extrême douceur de sa présence.

Je crois toutefois m'en être tiré sans impair, sauf pour la mèche. Il fallait la couper en biseau et je lui ai fait une taille bien droite et bien nette.

C'était la dernière opération avant la mise à feu et j'ai été distrait à la pensée de tous ces regards posés sur nous.

Mon explosion n'a pas été des plus spectaculaires. Trop d'agrégats gelés mêlés à la matière libre. De la rangée d'épinettes où nous nous étions tous réfugiés, nous pouvions voir le sable fuser parmi les blocs qui retombaient dans un éclaboussement de neige souillée. C'était déréglé, désarticulé, un peu clownesque. Rien à voir avec les dynamitages d'été ou d'hiver, qui font jaillir d'immenses pétales au sol, superbement et puissamment dessinés, et qui se répandent en nuage dans le ciel pour retomber en une petite pluie fine.

Et puis, quand l'écho de la détonation s'est éteint dans le silence de la forêt, notre père a entonné mon chant d'anniversaire, «Bonne fête, Denis», sa voix flûtée se perdant parmi les autres qui ont repris en chœur «Bonne fête, Bonne fête, Denis». Notre père nous a toujours appelés par nos prénoms de baptême malgré les surnoms que nous nous donnions. J'ai eu un choc en entendant leur chant reprendre ce prénom qui n'avait, pour ainsi dire, plus cours dans notre vie familiale.

Cela a été ma seule explosion à la carrière de sable. Après, il y a eu cet accident à la mine, et nous n'avons plus fait de dynamitages à la sablière.

Mon initiation à la dynamite, quand je raconte, me fait obtenir mon plus grand succès de conversation. On s'exclame : « Sept ans et il te laissait jouer avec la dynamite ! », on proteste : « Allons donc ! Voir si ça se peut ! », on se récrie, on se scandalise, mais on en redemande : « Le bâton de dynamite, c'est toi ou ton père qui le plantait dans le sable ? » Surtout les femmes, celles qui ont deux-trois enfants, les éducatrices professionnelles qui veulent cacher leur réprobation et qui se croient subtiles : « Et ta mère ? Qu'est-ce qu'elle disait de tout ça ? »

Notre mère, elle n'avait pas le temps. Elle nous avait préparé son repas des grands jours et c'est à peine si on pouvait la voir derrière sa table gargantuesque, tellement la fatigue de toute une vie la rendait invisible. Mais la figure absente de notre mère offenserait ces dames, elles n'y comprendraient rien, alors je réponds chaque fois qu'elle laissait aller, ce qui est à peu près vrai.

Il y a plusieurs de ces choses, dans notre histoire, que je ne peux raconter. L'esprit étriqué de mes interlocuteurs ne peut absorber tant d'ardeur devant la vie. Nous ne sommes pas de leur race, nous n'avons jamais voulu de leur vie, et je vois, à leur regard, que notre résistance les renvoie à leur niche de bons gros toutous dès que survient un de ces épisodes trop singulièrement Cardinal. Avec les années, j'ai réussi à identifier ces choses inénarrables et je n'en mets plus dans leur pâtée. Je m'en tiens au plus près de l'acceptable.

Je ne raconte plus l'histoire de Geronimo et du bâton de dynamite sur son cœur. Je n'accepterai plus jamais de voir, comme je l'ai vu alors dans leurs yeux torves et chassieux de gros toutous châtrés, notre Geronimo, sauvage et cruel, debout devant l'autobus scolaire qui ramenait les culs-terreux à Huraut, et qui défiait cette fille (elle s'appelait Caroline) en lissant la mèche du bâton de dynamite qui sortait de la poche de son coupe-vent.

Il était amoureux d'une autre fille, et cette Caroline allait tout saboter en proclamant depuis trois jours à qui voulait l'entendre qu'il avait essayé de l'embrasser. Il avait douze ans, déjà expert en dynamite mais très peu en amour, et il était profondément malheureux.

Geronimo n'était pas l'horrible bête sanguinaire que j'ai vue dans leur misérable regard de bâtards. Il voulait seulement forcer cette cul-terreuse à avouer son mensonge. Et il serait retourné, jour après jour, devant l'autobus de Huraut, avec son bâton de dynamite très ostensiblement dissimulé dans la poche de son coupe-vent, si l'affaire ne s'était rendue jusque chez la directrice. Elle a convoqué à son bureau Geronimo et la surveillante de la cour de récréation qui, par le plus malheureux des hasards, était LaPucelle. Elle leur a bien fait comprendre qu'une surveillante ne pouvait tolérer un tel écart de conduite.

Geronimo n'aurait jamais abdiqué, la directrice le savait, si l'emploi de LaPucelle n'avait été mis en péril.

— Mes surveillances à l'école, j'y tenais plus

que tout. Geronimo le savait. C'est avec l'argent de mes surveillances que je m'achetais des vêtements et que j'aidais LaMère quand elle n'avait pas assez d'argent pour l'épicerie. Tu sais comme elle était fière de sa table.

LaPucelle m'en a dit sur cette histoire beaucoup plus qu'elle n'aurait voulu. Elle s'est toujours bien gardée cependant de me livrer le nom de la fille qui avait enflammé le cœur de Geronimo. Une fille même pas jolie mais qui avait la beauté du diable au fond des yeux, c'est tout ce que j'ai réussi à lui arracher.

L'aurait-il fait ? Là-dessus, elle ne m'a pas donné de réponse et, pour détourner mon attention du bâton de dynamite, elle m'a raconté plein de choses que je ne demandais pas à savoir.

Il l'aurait fait, mais quoi exactement, je crois qu'il ne le savait pas.

Un jeune guerrier, c'est comme ça que je le vois, un jeune guerrier ne sachant où donner de l'épée, mais magnifiquement résolu à vivre son histoire d'amour.

LaPucelle a souri à cette image.

— Sauf que cette fois, le jeune guerrier n'a pas gagné la joute de l'amour. Sa dulcinée a quitté Norco quelque temps après. Son père s'est trouvé du travail, ailleurs bien sûr, et la famille a suivi.

LaPucelle est notre deuxième mère. Elle nous a pris sous sa protection dès le berceau et continue à veiller sur nous. Nous sommes aux antipodes de la famille. Elle en tête de ligne, l'aînée des filles, et moi à la toute fin. Nous aurions pu laisser le temps nous éloigner encore davantage, et pourtant, chaque fois que le travail m'amène à Val-d'Or, nous nous retrouvons au Tim Hortons, devant un café et deux beignes, et nous poursuivons notre odyssée familiale, moi au premier rang des admirateurs, et elle qui cherche à échapper à son plaisir.

Je sens une résistance chez elle, un nœud qui se resserre et qui m'empêche de batifoler là où je veux. Elle me tient en laisse, je le sens bien. Je ne peux pas aller plus loin que ses réticences et ses silences ne me le permettent. Il y a un endroit secret dont elle me tient farouchement éloigné.

Pourtant, le plaisir est toujours au rendez-vous, immense et joyeusement tonifiant, le plaisir d'être à nouveau entre Cardinal. Nous en avons si peu l'occasion maintenant. La vie nous a éparpillés aux quatre coins de la planète.

Émilien est en Australie. Il a fait différents métiers qui l'ont rendu riche. C'est l'aîné de la famille, LePatriarche, comme on l'appelle parfois. On l'a aussi appelé Stan, Stanley, Siscoe, tout ça à cause d'une vieille histoire au sujet du magot de Stanley Siscoe. Mais aucun des surnoms qu'on lui a donnés n'a tenu : il était trop loin de nous, trop vieux, presque notre oncle.

LeGrandJaune combat le fascisme, l'impérialisme et l'injustice de tout acabit en Amérique du Sud. La dernière fois que je l'ai vu, c'était il y a cinq ans, il était en transit vers Francfort pour une conférence sur l'aide internationale. Je n'en avais rien cru. Trafic d'armes, selon moi. C'est aussi l'avis de LaPucellé.

Mustang est en cavale depuis son premier divorce, LaTommy est terrée quelque part dans l'Ungava, Néfertiti ne vit que sur son cellulaire, et il n'y a pas moyen de faire sortir Tintin de sa vie de pauvre. Nous ne nous voyons plus qu'à deux ou trois, jamais tous ensemble, nous n'avons plus eu de réunions de famille depuis Norco.

Alors, quand je nous ai vus entrer les uns après les autres dans le hall du Quatre-Temps, j'ai cru que nous l'avions, notre réunion de famille, la grande fête Cardinal que j'espérais depuis trente ans.

Le Quatre-Temps est ce long et triste bâtiment qui étend ses tentacules dans la forêt d'épinettes à la sortie sud de Val-d'Or. À l'intérieur, faux cuir, faux chêne, faux sourires, on se donne l'illusion d'un grand hôtel. C'est ici, dans cet éparpillement de corridors et d'illusions, qu'a lieu chaque année le congrès des prospecteurs. C'est ici, j'espère, que l'émerveillement de la famille me sera redonné.

Ils sont tous venus. Je ne sais pas comment la nouvelle a fait le tour. Moi, c'est LaPucelle qui m'a appris. Le mois dernier, au Tim Hortons. C'est d'ailleurs la première chose qu'elle m'a dite tellement elle était excitée par la nouvelle.

— Prospecteur émérite? Ils vont lui donner la médaille du prospecteur de l'année?

Je ne comprenais pas. Notre père fait encore

de la prospection certes, mais à quatre-vingt-un ans, ce n'est plus ce que c'était. Quand je lui rends visite dans son petit bungalow (une abomination, je n'ai jamais pu m'y faire) et que je descends dans son sous-sol aménagé (autre abomination) où, invariablement, je le retrouve accroché à sa canne mais affairé à ses cartes, à ses livres et aux échantillons de roches qu'il a transportés de Norco, il est et restera à mes yeux le seul vrai grand prospecteur de ce monde. Même s'il ne fait pour ainsi dire plus de terrain, même s'il a délaissé le pic et la boussole pour le téléphone, même en pantoufles et en cardigan de laine dans son sous-sol frileux, il est encore celui que nous voyions revenir de ses claims, le soir très tard, avec son odeur des grands bois, son silence fatigué et, dans les yeux, la lueur métallique du filon qui l'attendait dans les profondeurs de la terre.

Mais prospecteur émérite 1995 ? Je ne comprends toujours pas. Il n'a rien découvert d'important depuis 1944, depuis le massif de zinc que la Northern Consolidated s'est dépêchée de lui voler.

Et je ne comprends pas non plus ce qui nous est arrivé au congrès des prospecteurs.

J'étais là avant tous les autres, dans le hall du Quatre-Temps, je voulais les voir entrer, je voulais surtout savoir qui viendrait. J'avais transmis la nouvelle à plusieurs, espérant qu'ils la feraient courir, mais je ne pensais jamais qu'elle ferait le tour de la planète.

Il y en a que je n'avais pas revu depuis Norco. Geronimo, par exemple. Après Norco, il s'est remis aux études et n'a pas dérogé d'un poil au but qu'il s'était donné. Il est allé chercher son doctorat en médecine, une spécialité en chirurgie vasculaire, une autre en orthopédie, tout ça en partant d'une neuvième année, et à trente-neuf ans il entreprenait une formidable carrière de chirurgien de guerre. Le Tchad, l'Éthiopie, la Tchétchénie, il a fait tous les points chauds de la terre. Un nouveau Bethume, en quelque sorte. Il n'a jamais enlevé d'amygdales. Je l'ai vu à la télé il y a quelques années. On l'interviewait sur l'Afghanistan. Le cheveu corbeau, le teint cendre, l'œil jaguar, je l'aurais reconnu n'importe où, il est la plus pure incarnation Cardinal.

Je n'ai pas reconnu LesJumelles. Elles se sont affadies avec le temps. Carmelle et Angèle. LaTommy et LaJumelle, comme nous les appelions. LaTommy, parce qu'elle ferrait la truite comme personne, parce que notre meilleur ailier droit au hockey et notre fierté au jiu-jitsu, un vrai garçon manqué, un TomBoy, comme disaient les voisins. Et nous, pour les narguer, pour bien leur signifier qu'elle nous appartenait, nous l'avons appelée LaTommy. LaJumelle ? Parce que... nous étions tellement nombreux, il y en a qui sont passés inaperçus dans le lot.

Elles ont vieilli de l'intérieur, elles se sont coagulées, se sont retirées, on ne les sent pas. Elles pourraient être n'importe quelles femmes approchant la cinquantaine. Je ne les avais pas vues depuis Norco et il a fallu que j'entende ElToro dire : «Tiens, voilà LaTommy» pour que je sache que cette femme sombre et renfrognée était ma sœur.

Voir l'une, c'est voir l'autre, elles se ressemblent terriblement. Mais pas une fois je ne les ai vues ensemble pendant le congrès. Comme si elles se fuyaient.

J'ai d'ailleurs l'impression depuis le début du congrès que notre famille me fuit entre les doigts. Déjà, dans le hall, quand ils sont arrivés les uns après les autres, et qu'il y a eu un attroupement de Cardinal près de la réception de l'hôtel, j'ai senti un malaise, un glissement vers la fuite. J'ai aperçu LeGrandJaune et Yahou qui filaient en douce vers leur chambre.

Le malaise a pris de l'ampleur au fur et à mesure qu'il en est arrivé d'autres. Il y avait la joie des retrouvailles, certes, les éclaboussements de cris et les bourrades dans le dos, de belles retrouvailles, comme je les avais espérées. Mais, dans le regard de chaque nouvel arrivant, il y avait un éclair de panique quand il nous découvrait si nombreux près de la réception. Entre les cris et les bourrades, il y a eu d'autres désertions vers les chambres, d'autres glissements vers le bar ou le restaurant. Nous n'étions plus que cinq à la réception de l'hôtel quand nos parents ont fait leur entrée.

J'ai l'impression de courir derrière des ombres fuyantes. Je vais de l'un à l'autre, je cours, je cherche, mais les ombres se faufilent, les groupes se disloquent, et je me retrouve seul avec une conversation en suspens, mon âme entre les mains.

Comme si nous nous repoussions. Comme si, au-dessus du Quatre-Temps, un gigantesque aimant fou s'amusait avec nous. Comme si, après toutes ces années, nous ne pouvions pas supporter d'être ensemble.

Il y a eu un moment de grâce qui a vaincu le mauvais sortilège. Une image merveilleuse à laquelle personne n'a pu résister. Il y a eu ce moment où chacun d'entre nous a été attiré par cette vision extraordinaire, au centre de la salle d'exposition du Quatre-Temps. Notre père, devant un ordinateur ultra-perfectionné, qui s'entretenait de croisements de données géophysiques et d'images satellites avec un jeune technicien, et qui traduisait le langage codé du petit jeune homme pour le compte de deux vieux amis prospecteurs, assis à ses côtés, qui mâchouillaient leur étonnement. Une vision absolument délirante.

J'ai entendu ElToro derrière moi :

— Il n'a jamais touché à un ordinateur de sa vie !

Nous étions émerveillés et abasourdis.

Le petit technicien, tout aussi médusé, expliquait, donnait ses instructions, et notre père s'exécutait, ses doigts gourds trébuchant sur le clavier, et ce qu'ils avaient convenu apparaissait sur l'écran. Un prodige, un émerveillement qui a couru jusqu'aux autres stands d'exposition et a amené une foule de curieux.

J'étais au premier rang, entre LeGrandJaune et Magnum. Derrière, à côté d'ElToro, il y avait LaPucelle. Je l'ai entendue qui expliquait :

— Il a appris dans les livres. Tu n'as pas vu tout ce qu'il y a de livres sur l'informatique dans son sous-sol.

Wapiti, un peu plus loin derrière, n'était pas d'accord :

— Ce que tu vois là, c'est de la technologie de pointe. Il n'a pas pu apprendre ça dans les livres.

Je ne savais pas encore que nous étions tous là.

Le demi-cercle que nous formions autour de l'ordinateur s'est resserré sous la pression de la foule. À un moment donné, je me suis retrouvé expulsé du demi-cercle et poussé contre la chaise d'un des vieux prospecteurs, le vieux hibou aux dents givrées de nicotine. Il s'est penché vers notre père et lui a dit :

— Albert, t'as de la visite.

Notre père, les yeux écarquillés par l'effort que lui demandait l'écran cathodique, s'est tourné vers nous. J'ai suivi son regard et j'ai alors pris conscience du rassemblement de famille que nous venions de former.

L'autre vieux prospecteur, je l'ai reconnu aussitôt. Il venait parfois à Norco. Parmi les plissements de peau, j'ai reconnu la balafre. «Une mère ourse qui défendait sa progéniture», expliquait-il lorsque, tout petits, nous grimpions sur lui pour plonger notre doigt dans le courant violacé de la blessure. Mais lui, maintenant, n'était pas trop certain de nous reconnaître.

— C'est tes enfants ? Tous ? Tes enfants ?

La sénilité, sans doute, comment aurait-il pu ne pas nous reconnaître ?

C'est alors que le vieux hibou aux dents nicotinées a posé la question qui allait amener la conversation là où je l'aime tant.

— T'en as toute une barge. T'en as fait combien au juste, Albert ?

J'attendais la réponse, j'attendais le chiffre magique qui provoquerait ahurissement et étonnement. Nous allions les épater avec nos histoires, nous allions nous retrouver enfin tous ensemble, magnifiquement réunis dans l'éblouissement de nos souvenirs.

J'ai entendu la réponse se répandre en écho dans la foule.

— Vingt et un ! Vingt et un enfants !

Mais, parmi nous, dans le demi-cercle que nous formions autour de notre père, rien, un silence de plomb.

Le vieux débris nicotiné est revenu à la charge.

— Vingt et un, et ils sont tous vivants ?

Le silence est devenu douleur. Une douleur dont j'ai senti la pointe acérée et qui nous unissait tous, moi qui ne comprenais rien et eux qui se pétrifiaient sous l'assaut des secondes, dans l'attente de ce que dirait notre père.

— Vingt et un, et tous vivants.

Le regard de notre père s'est immobilisé dans la dureté d'un point fixe. Je me suis retourné. Mes frères, mes sœurs, ma mère. Leur regard était vide.

LeFion nous a regardés un à un, puis tous à la fois, et mon cœur a chaviré. J'ai cru qu'il avait compris. Au Tim Hortons, quand je sens qu'il est sur le point de saisir un pan de l'ombre, qu'il va la toucher du doigt, s'accrocher à mon silence et traverser l'écran, je le rattrape aussitôt. Je lui raconte Geronimo, je lui raconte Tintin, je lui raconte Norco, ses grandes herbes, l'immense désolation bleutée de ses hivers, notre maison, le délire de nos soirées, nos rêves, notre liberté, je lui donne plus qu'il n'en demande et il oublie l'ombre qui s'était profilée. Mais ici, au Quatre-Temps, dans la cohue du congrès, j'étais coincée, je ne pouvais rien empêcher.

C'est le vieux Savard qui nous a sauvés. Le vieux balafré. Les Titis l'adoraient. Ils escaladaient sa grande carcasse d'homme mal lavé, plongeaient leur doigt dans la chair ravinée et, chaque fois, lui demandaient d'où venait la blessure. Il était déjà vieux à l'époque et il empestait l'homme ravagé par des années d'errance entre le bois et les hôtels crasseux de Val-d'Or. Il encombrait la cuisine, nous harcelait, LaMère et moi, de grossièretés éhontées, seules civilités dont il était capable en présence des femmes ; je l'aurais chassé du balai s'il n'avait pas été là pour notre père. Et je l'aurais embrassé quand il nous a ouvert une échappée.

Nous étions écrasés sous le silence, incapables de réagir, et le vieux Savard, s'avisant subitement de nous reconnaître, pointa Geronimo du doigt et demanda à notre père :

— C'est le petit Laurent, celui qui te suivait partout. En as-tu d'autres qui sont mordus de la roche dans le lot ?

Les gens autour ont ri. Parce que le petit Laurent faisait près de six pieds. Parce que, «mordu de la roche», l'expression est vieillie, et tombait comme une plaisanterie joliment fossilisée parmi l'assemblée de jeunes géologues. Parce que tout le monde avait senti le poids du silence.

Nous avons ri aussi. Il nous a fallu quelques secondes pour actionner le rire tellement nous étions paralysés.

LeFion n'a rien compris. J'en ai eu la certitude lorsque je l'ai vu s'intéresser à la conversation. Il n'y avait aucune ombre dans ses yeux. Au contraire, il jubilait, notre Fion, persuadé que le vieux Savard allait nous entraîner dans les souvenirs qu'il gardait de nous à l'époque où il venait s'enquérir de l'état des rêves de notre père et qu'il laissait les Titis glisser le long de ses jambes interminables.

— Laurent s'intéresse plus aux os qu'à la roche maintenant. Il est docteur. Même que c'est lui qui répare les blessés en Tchétchénie ces temps-ci. Il est chirurgien.

— T'aurais mieux fait d'avoir un avocat. Tu serais riche à l'heure qu'il est si t'avais un avocat pour garçon.

— Pouah! Pas d'avocat! Mais j'ai un autre de mes gars qui s'est mordu pour la roche. Il a claimé dans le canton Fancamp avec Lachapelle, l'année passée. Il y a aussi mon plus vieux, Émilien, qui tâte de la roche en Australie. C'est pas à la porte, ça.

Savard continuait à asticoter notre père qui, n'ayant jamais compris l'ironie, se laissait dériver au gré des taquineries de son vieil ami. Les gens riaient gentiment. La conversation prenait un tour rassurant. Je respirais plus librement.

J'ai jeté un œil autour de moi. Tintin avait disparu. J'ai aperçu Néfertiti qui se faufilait discrètement et j'ai rencontré le regard de Toutank qui m'assurait qu'il allait en faire autant. Tranquillement, tout doucement, nous opérions un mouvement de dispersion et si quelqu'un s'était avisé de faire le compte, il n'aurait pas pu se mettre en quête du vingt et unième.

LeFion n'a rien vu tellement il était absorbé par ce que disaient les trois vieux. Il est insatiable quand il s'agit de se faire raconter l'histoire de notre famille. Les vieux en étaient à se remémorer une tranchée qu'ils avaient découpée dans un quartz très dur. Un quartz fumé d'un noir étincelant. La précision venait de notre père. Le lieu où ça se passait était loin de Norco, à des années-lumière de notre histoire familiale. Mais il était question de mines — fabuleuses, richissimes, gigantesques — à découvrir dans le secret de la roche et notre père avait la parole généreuse, lui dont la petite voix chantante nous faisait sursauter à table tellement elle était rare. C'était plus qu'il n'en fallait pour le ravissement du Fion.

Il est incroyablement insatiable. Je n'y prends pas toujours garde et je me retrouve parfois entraînée dans des souvenirs que je n'avais pas effacés — grand Dieu non ! — mais écrasés au fond de ma mémoire. Il suffit d'une anicroche. Il suffit que LeFion s'intéresse d'un peu trop près à un détail, et la conversation revient frôler l'ombre que j'avais contournée.

Je ne voulais pas raconter l'histoire d'amour de Geronimo. Elle est d'une beauté chevaleresque — LeFion a eu le mot juste —, mais d'une souffrance à peine soutenable, de cette qualité de souffrance qui nous tenaille le cœur depuis la disparition d'Angèle. Nous sommes très doués pour la douleur. Et quand je repense au mal d'amour de Geronimo, je creuse encore plus profondément la blessure qui nous a tous affreusement mutilés. La douleur appelle la douleur, et LeFion, qui en a été exempté, n'a retenu de l'histoire que la beauté du geste.

Je ne lui ai pas raconté la fièvre et l'horrible migraine de Geronimo. Il n'avait jamais été malade, même pas une grippe durant l'hiver, et quand je l'ai vu se crisper de douleur dans le bureau de la directrice, j'ai cru que c'était la rage de l'impuissance. Il est coriace, notre Geronimo, il peut soutenir plus que son poids de larmes. À douze ans, déjà, quand cette petite lui a ravagé le cœur, il était clair qu'il deviendrait une grande figure de notre histoire familiale.

Il n'a pas desserré les dents. La directrice, malgré l'autorité de son fauteuil capitonné, de son énorme poitrine et de son charabia de directrice, n'a pas réussi à lui arracher un mot. Il était cramponné à sa chaise, les mains comme des serres, les bras tendus, le cou renfoncé, un jeune fauve qui surveille plus gros que lui et attend son heure.

Ils n'en étaient pas à leur premier affrontement. Geronimo était le maître de la cour de récréation, ce qui l'amenait régulièrement au bureau de la directrice, à tort ou à raison. Mais je n'ai jamais eu à répondre de ses gestes. Nous étions deux surveillantes et il s'organisait pour ne pas se trouver dans mon secteur.

La zone d'embarcadère des autobus n'était pas sous ma responsabilité cette journée-là. Nous le savions pertinemment, la directrice, Geronimo et moi. La menace n'en était que plus perfide lorsqu'elle a lancé du haut de sa poitrine triomphante :

— Tu dois pourtant savoir qu'une surveillante ne peut pas accepter qu'un élève se promène avec un bâton de dynamite dans la cour de récréation.

J'ai cru qu'il allait se jeter sur elle et lacérer ses gros tétons. Il a bondi de sa chaise avec toute la férocité dont il était capable et — c'est là l'intelligence de notre Geronimo —, sans transition aucune, il a porté doucement la main à la poche de son coupe-vent et en a sorti l'objet incriminé qu'il a fait mine de vouloir offrir à la directrice.

Je jubilais. Elle n'avait probablement jamais vu de dynamite de sa vie. Ses gros tétons ont frissonné à l'unisson, de peur ou d'indignation. Elle a voulu se lever, reprendre la situation en main, mais Geronimo n'a pas bronché, n'a pas retiré d'un millimètre l'autorité de sa cartouche de dynamite, et la directrice s'est affaissée dans l'énormité de ses chairs tremblotantes, le fauteuil accusant le coup d'un chuintement écrasé.

C'est ici que s'arrête l'histoire. Je ne raconte pas le reste. C'est ce que je donne au Fion quand il ramène la conversation à ce qui est devenu, dans notre famille, «la fois où Geronimo a fait frémir les tétons de la directrice». L'histoire fait partie de notre patrimoine. Celle-là et bien d'autres, nous en avons fait nos belles soirées. Nous avions un répertoire inépuisable de ces histoires et, le soir, après les batailles pour la vaisselle, après les batailles pour le divan à trois places, ils s'installaient pêle-mêle devant la télé, et moi, dans l'embrasure de la porte du salon, je les écoutais. Je n'avais pas fini ma besogne de la journée, mais je ne pouvais m'empêcher d'être là, au centre de la maison, appuyée au chambranle de la porte, un pied à la cuisine et l'autre au salon, à écouter ce qu'ils avaient à dire de leurs embardées à l'école, de la télé, de l'univers qu'elle leur offrait, de ce qu'ils feraient de tous les culs-terreux de la terre quand ils sortiraient de Norco.

Je n'ai jamais réussi à finir mes journées, la maison restait encombrée, et nos soirées sont devenues un de mes plus beaux souvenirs.

La maison était éclairée comme une cathédrale, il y avait quelqu'un dans chaque pièce, un va-et-vient de l'une à l'autre, mais l'épicentre du délire de nos soirées était au salon, plus précisément au creux du divan où avaient réussi à prendre place les vainqueurs de la bataille de l'après-vaisselle — habituellement Geronimo, Tintin et LaTommy, quoique LaTommy bien souvent ne fasse pas le poids devant Matma. Les autres, ceux qui étaient juchés sur les bras ou sur le dossier, ceux-là étaient les gardiens du divan. Ils étaient trois, quatre, parfois cinq — les Titis, forcément, les plus vieux avaient trop de fierté et trop long de jambes —, et dès qu'un des maîtres du divan se levait pour un verre d'eau, un verre de lait ou pour éliminer le tout au cagibi, les gardiens se battaient entre eux pour le privilège de lui garder sa place. Parfois — et c'était là tout l'intérêt du jeu —, les Titis n'avaient pas été assez rapides ou avaient perdu trop de temps à se chamailler, et il s'était glissé un voleur de place. Le maître revenait, engueulait les gardiens et le voleur, et rejoignait en maugréant les sans-place, étendus par terre ou recroquevillés dans un coin, tout en gardant l'œil sur le resquilleur au cas où il lui prendrait l'envie de boire ou de pisser, de sorte que la bataille du divan se poursuivait toute la soirée.

Il y avait cependant un mot clef, un mot qui avait force de loi et qui adoucissait les aspérités du jeu. Sinon, il y aurait eu plus de coups de poing qu'il ne s'en est donné. Je ne me souviens pas quand il a commencé à faire partie du jeu. « Quelle importance ? m'a répondu Yahou à qui j'ai déjà posé la question. Il nous est resté et on a bien ri. » Le mot, à l'origine, avait été une phrase, un avertissement bien sonné. « Que personne ne prenne ma place ! » ou quelque chose du genre. Avec le temps et l'usage répété qui en a été fait, la phrase est devenue « Aheumplace ».

« Aheumplace », et le maître pouvait aller à la cuisine ou au cagibi en toute quiétude, son droit de propriété était protégé. Mais il s'en trouvait toujours pour pirater la place. Et selon l'humeur de la soirée, ça se réglait par une engueulade ou par une joyeuse empoignade. Pour rire ou pour de vrai.

Le mot a servi à bien d'autres choses que les batailles de divan. Aheumplace pour une chaise, pour un coin ombragé sur la galerie, Aheumplace pour tout ce que nous désignions propriété personnelle et qui, nécessairement, faisait l'objet d'un jeu de pouvoir. Même code d'honneur, mêmes pirateries et mêmes empoignades.

Il est devenu Aheumchemise, Aheumbottes, Aheumstylo, Aheumcarabine, AheumCornFlakes.

Bien fragile façon de préserver un droit de propriété dans une maison où rien, absolument rien, même pas un endroit où dormir, ne nous était assigné personnellement. Nous dormions dans le lit qui était libre et nous nous habillions avec ce que nous trouvions dans les piles de vêtements qui s'amoncelaient dans ce que j'appelais ma salle de lavage et qui avait été la cuisine-salon d'un des logements de cette incroyable maison qui en comptait quatre au départ.

Les vêtements étaient ce que nous protégions le plus âprement. Mais bien souvent, le Aheum-chandail ne suffisait pas. Il fallait dormir avec ce que nous voulions porter le lendemain. Moins turbulentes chez les filles — nous n'étions que cinq —, les bagarres du matin prenaient des allures de fin du monde si les garçons avaient décidé, par simple goût de la provocation ou pure cruauté, de jeter leur dévolu sur un même vêtement.

Nous vivions dans la plus merveilleuse anarchie et j'adorais cette maison. Les portes claquaient, les escaliers vibraient, les murs vrombissaient, la vie trépignait d'impatience dans cette maison, et moi, j'en avais la garde. C'est moi qui balayais, déblayais, lavais, javellisais, qui plongeais chaque matin dans d'énormes et interminables lessives, qui traquais les moutonnements de poussière et le fouillis des chambres sans ne jamais réussir qu'à les déplacer, c'est moi qui régnais sur le désordre de la maison.

Ses quatre logements nous faisaient un

habitacle magnifiquement biscornu, un enchevêtrement de portes et de cuisines-salons qui
convenait parfaitement à la désorganisation de
nos vies. J'en ai gardé un goût prégnant pour le
désordre. Mes enfants, et surtout mes maris, s'en
sont trouvés malheureux. Ils m'ont tous quittée.

J'avais mon domaine à l'étage, dans la cuisine-
salon ouest, dans ce qui était la salle de lavage et
que Geronimo avait surnommée le fenil à gue-
nilles.

Où est LaPucelle ?

LaPucelle est à son fenil

Que fait LaPucelle ?

LaPucelle chique la guenille

Il ne devait pas y avoir d'autorité dans la maison, et cette comptine, qu'on me serinait à tout
propos, servait à me rappeler que mes lessivages
ne m'en donnaient aucune.

On engrangeait donc les vêtements dans la
salle de lavage. Autant le sale que le propre.
Le sale s'amoncelait en montagne autour de la
machine à laver. Et le propre s'empilait dans les
caisses à dynamite de notre père, certaines lavées
et brossées, d'autres encore grises de vase sèche,
qui servaient de commodes et s'étageaient le long
des murs. Tout cela s'entremêlait joyeusement. Je
lavais le sale et le propre, indistinctement, et à
midi, terminé ou pas, je passais à autre chose.

Dans une autre cuisine-salon logeaient une
table, quelques chaises, une chaise berçante et
une quantité incroyable de livres. La table n'était
en fait qu'une porte supportée par des tréteaux,

une porte arrachée à une maison abandonnée et qu'ils abîmaient vigoureusement et scrupuleusement pour vitement avoir à repartir s'en chercher une autre. Les livres, par contre, étaient rangés soigneusement dans une étagère de pin blanc.

C'était l'étude, le lieu où ils se colletaient avec le savoir des livres, le lieu où le monde des sciences, des arts et du pouvoir leur était donné à conquérir, le lieu où les ambitions les plus démesurées étaient possibles.

C'est là que j'ai entendu Zorro rêver de devenir ingénieur. À cause du génie qu'il y a dans le mot, je crois, car il n'avait aucune idée de ce que faisait un ingénieur quand Tintin le lui a demandé. Il lui a fallu quelques jours — et le dictionnaire, j'en suis certaine —, pour répondre enfin :

— Un ingénieur, c'est un inventeur d'engins de guerre.

Et puis, il a voulu être architecte, ensuite sculpteur, peintre, poète, pour avouer, un beau soir, qu'il serait rien de moins que le Léonard de Vinci des temps modernes. Le dictionnaire avait encore une fois aidé.

— Ça te dirait aussi d'être une pédale?

Je ne sais pas où Matma avait trouvé ça, mais, chose certaine, ça lui a obtenu la bagarre escomptée. Lui aussi avait voulu être inventeur, et se faire voler son rêve par un ingénieur de guerre, fût-il Léonard de Vinci, était au-delà de ce qu'il pouvait supporter. Il avait été surnommé Matma à cause de Gandhi, le grand apôtre de la non-violence. Ironie, bien entendu, la tolérance n'étant pas dans les gènes survoltés de notre Mahatma à nous.

L'étude était, malgré tout, l'endroit le plus calme de la maison et c'est là que je berçais mes bébés.

— C'est là que tu catinais.

Faux, absolument faux. Ces petites boules emmaillotées qui m'arrivaient dans les bras quelques jours seulement après leur naissance, je les ai aimées comme mes propres enfants. Elles sentaient le lait, le coton frais et la douceur de vivre. Petites boules roses et duveteuses, tendres et chaudes au creux de mes bras. C'étaient mes petits, et moi, leur maman. Et ils me reviennent, chacun leur tour, pour se faire raconter leur enfance. J'ai commencé à marcher à quel âge ? C'est vrai que je ne supportais pas le lait ? Tu me donnais des morceaux de viande à téter ! Ils s'informent des autres, se comparent, refont leurs souvenirs. LeFion, il avait vraiment le crâne pointu ? J'ai marché à dix mois et demi ? avant Wapiti ? avant Geronimo ! Ils s'amusent des travers des autres, s'amusent de ce qui a échappé à leur enfance, s'amusent de leur grande sœur qui jouait à la poupée — non ! je ne catinais pas ! —, mais au fond, nous recherchons tous la même chose, nous voulons tous retourner à Norco, retourner au bouillonnement de notre vie, comprendre ce que nous étions, ce que nous sommes devenus, et, surtout, nous voudrions résoudre l'énigme de nos parents. Notre père, pâle figure de ce qu'il était véritablement et qu'il ne nous a jamais donné à connaître tellement il était tyrannisé par l'obsession de la roche. Notre mère, pourtant présente, toujours à sa cuisine, perdue dans le ferraillement des chaudrons et les vapeurs de cuisson, et qui, à force d'être là, nous est devenue invisible.

C'est à moi qu'on pose les questions. On croit que ma qualité d'aînée m'a permis de recevoir des confidences.

— Toutes ces années à t'occuper des bébés, de la maisonnée, et elle ne te racontait rien ?

Je n'avais pas six ans la première fois qu'elle m'a confié un bébé à bercer. C'était Angèle, LaJumelle, Angèle qui nous a été si cruellement enlevée et que j'ai reçue des bras tremblants de notre mère.

— Prends la petite, ma grande, j'ai l'autre qui cuit de fièvre.

L'autre, c'était LaTommy, bien sûr, et il avait fallu les séparer à cause de la fièvre, de la terrible maladie qu'elle annonçait et qui aurait pu emporter les deux bébés dans la tombe.

— Je n'en ai pas perdu un seul.

La gloire, la hantise de notre mère, et la seule confidence qu'elle m'ait faite.

J'ai bercé tous les autres qui sont venus par la suite. Elle me les apportait, encore chauds et imprégnés de l'odeur de son lit, et elle regagnait sa cuisine.

Pendant les quelques jours où elle s'était retirée dans sa chambre, la maison avait cessé de respirer. Plus de courses dans les escaliers, plus de batailles de divan, plus de coups ni d'engueulades, notre mère accouchait d'un autre petit. La maison flottait dans un état d'irréalité, et la cuisine, sans elle, sans la présence usée et ahurie de notre mère, la cuisine se mourait.

Je crois que, seule dans sa chambre avec le petit, la porte fermée sur elle, notre mère se languissait de ne pas être avec nous tous, au cœur de la maison, dans la cuisine, à nous mijoter ses énormes potées. Dès qu'un afflux de vitalité lui revenait, elle quittait sa chambre, l'œil hagard et le pas chancelant, me remettait le petit, et retournait à ses casseroles.

— Je crois qu'elle se languissait de sa cuisine.

LeFion a sursauté quand je lui ai dit cela. Je l'ai scandalisé, je crois. Il aurait voulu que je continue à lui parler bébés.

— Et moi, elle m'a bercé?

Non, cher Fion, elle ne t'a pas bercé. Elle était déjà près du gouffre et elle n'en avait pas le temps même si, après toi, plus aucun bébé ne s'est bousculé dans son ventre.

Elle était poursuivie par une urgence. Urgence des repas, urgence des enfants, urgence de l'enchaînement des jours, urgence des pensées qu'elle chassait d'un marmonnement confus... je ne sais pas ce qui la pressait tant. Elle était toujours à bout de souffle. Elle allait et venait, à grandes enjambées, comme s'il lui fallait parcourir des kilomètres entre l'évier et la cuisinière. Terrorisée par le temps, soupirant, ahanant comme une forcenée, marmonnant comme une illuminée. Et si l'un de nous avait quelque chose à lui demander, il fallait répéter plusieurs fois pour que, enfin sortie du magma de ses pensées, elle relève la tête, surprise et égarée : «Quoi?» Nous avions à peine le temps d'expliquer qu'elle avait déjà oublié et soupirait d'une voix absente : «Je ne sais pas. Va voir L'Émilienne, c'est elle qui sait.» Je n'ai jamais pu m'y habituer. Il m'a fallu, chaque fois, des prodiges d'humilité pour taire ma colère et lui expliquer : «LaMère, c'est moi, je suis Émilienne.»

— Mais qu'est-ce qu'elle marmonnait tout le temps?

À l'époque, je croyais être la seule à m'interroger sur le murmure compulsif de notre mère. Tout le monde dans cette maison était occupé à rêver sa vie, il n'y avait que moi de vraiment présente. C'est ce que j'ai cru jusqu'à ce que, des années plus tard, on me questionne sur le rituel des repas, sur les randonnées nocturnes de notre mère et sur ce marmonnement incessant.

— Des recettes, elle récitait des recettes. Pour ne pas les oublier.

Des recettes, oui, je l'ai entendue moi aussi, mais il y avait plus que l'obsession de la table dans le bourdonnement de ses pensées. Je l'ai entendue je ne sais combien de fois psalmodier une recette et, tout à coup, frappée d'une inspiration, elle s'immobilisait, le regard noirci d'inquiétude, la respiration emprisonnée dans une pensée douloureuse, et finalement, après une attente qui me semblait interminable, une longue et lourde expiration s'abattait brusquement puis, dans le sifflement rauque d'une voix qui n'était pas la sienne, j'entendais un nom lui échapper, le nom d'un de ses enfants. L'un de nous venait battre de l'aile contre les parois de sa mémoire effarée.

Comment expliquer cela…

Elle nous aimait. Il n'y avait qu'à voir la tendresse, les regards doux, tout l'amour dont elle enveloppait ses bébés avant de me les confier. Cette passion tendre ne pouvait toutefois rien contre la panique qui la précipitait à la cuisine. Elle avait oublié le bébé, elle nous a tous oubliés, un à un, chacun notre tour, à cause de cet amour paniqué qu'elle avait pour nous tous, pour l'ensemble de ses enfants, et si l'un d'entre nous venait à surgir dans ses pensées, seul et individualisé dans l'embrouillamini des têtes d'enfants qui s'emmêlaient dans son esprit, c'était l'affolement, elle venait de se rendre compte qu'elle l'avait oublié.

Elle avait toutefois établi une façon de surmonter la confusion de son esprit. Lorsque nous nous retrouvions à table, elle nous comptait. Chacun avait une place assignée — pas question de se chamailler, le Aheumplace ne valait pas — et, pendant que nous nous servions, elle promenait son regard de l'un à l'autre pour s'assurer que nous y étions tous. Un moment absolument délicieux.

— Pour rien au monde je n'aurais raté ce moment. Je me recueillais sur la nourriture qu'elle nous avait préparée et j'attendais que son regard passe sur moi. C'était comme une prière.

Tootsie est l'avant-dernière, la cadette des filles, elle est tout juste avant LeFion, et elle a une façon bien à elle de dire les choses.

Notre mère nous comptait, un à un, et quand elle avait rassemblé tout son monde du regard, elle retournait au comptoir où l'attendait l'urgence de continuer. Elle ne s'asseyait jamais. Pas le temps, pas faim, elle grappillait de-ci de-là, s'alimentant à même la louche ou la spatule, et ce n'est qu'après le repas du soir, après s'être assurée que tout était en place pour celui du lendemain matin, qu'elle consentait au repos et se retirait dans sa chambre.

Si LeFion nous avait comptés dans le demi-cercle que nous formions autour de l'ordinateur, bien comptés, l'un après l'autre, comme le faisait notre mère, il aurait su.

Nous avons tout fait pour ne jamais nous retrouver ensemble depuis la disparition d'Angèle. Il n'y a plus eu de rassemblement de famille. Une règle tacite entre nous. Notre mère ne doit pas savoir qu'il lui manque un enfant. Nous n'avons pas les mêmes précautions pour notre père. Il sait. À la façon qu'il a de se taire lorsque le souvenir d'Angèle vient frôler la conversation, nous savons qu'il sait.

Notre mère a quelque chose en elle qui demande à être protégé. Une déchirure, une profonde entaille dans laquelle son esprit se perd. Je la regarde parfois s'ébrouer dans sa cuisine de bungalow comme si elle avait encore une ribambelle d'enfants à nourrir et je me demande ce qui la pousse à tant vouloir se perdre. Elle a soixante-dix-huit ans, les articulations gangrenées par l'arthrose, le cœur menacé par toutes ses artères, et elle besogne encore comme un forçat. Les bonnes œuvres ramassent les repas à pleines chaudronnées.

Quand nous nous rencontrons, à deux, à trois, à quatre, rarement plus, notre première question, inévitablement, est pour elle : «Comment va LaMère?»

Nous voudrions la protéger, la prendre au creux de nos mains, mais elle nous échappera toujours. Elle fuit par-devant elle et ne nous laisse qu'une image floue sur laquelle nous n'avons cessé de nous interroger. Insaisissable créature qui, dans notre esprit, n'existait vraiment que la nuit lorsqu'elle apparaissait à côté du lit où nous dormions, ses longs cheveux défaits, sa silhouette osseuse adoucie par les contours vaporeux de sa chemise de nuit et la lumière incarnate de la minuscule lampe de poche qui l'accompagnait dans ses randonnées nocturnes et qu'elle tournait contre la paume de sa main pour ne pas nous réveiller lorsqu'elle s'approchait de nous.

L'image évanescente de notre mère a hanté nos nuits et nous a poursuivis tout au long de nos vies. Il m'arrive encore de l'attendre, seule dans le lit de cette petite chambre de l'hôtel où je m'esquinte aux cuisines six jours sur sept. La chambre est aussi délabrée que celle que j'avais à Norco. J'imagine que j'entends le plancher se plaindre tout doucement sous ses pas — je me recroqueville sous les couvertures —, elle arrive à ma porte, elle ouvre sans faire de bruit — je me demande si je dois bloquer ma respiration —, elle se dirige vers la chaise que je tiens près de mon lit, elle s'installe dans les vêtements qui y sont empilés, et arrive ce moment que j'aime tant, celui où elle me regarde, moi, Émilienne, l'aînée de ses filles, j'ai huit ans, quinze ans, vingt et un ans — j'ai cinquante-trois ans —, et elle me regarde, moi, son enfant.

Il est arrivé qu'elle s'assoupisse sur la chaise, qu'elle y reste très longtemps endormie. J'avais des fourmis dans tout le corps à me cramponner aussi longtemps dans la même position. La plus avantageuse, mais la plus inconfortable, c'était l'allongement sur le dos. Elle me permettait de lui jeter un œil et, parfois, de m'endormir dans la contemplation de l'image de ma mère.

Elle avait une douceur, une grâce tellement invitante, j'avais l'impression d'être visitée par un ange. Toute la dureté de ses traits, tous les soucis qui lui rongeaient la figure, toute l'âpreté du jour s'était évanouie et elle reposait, tranquille, un mince sourire sur les lèvres, la tête légèrement penchée, ses longs cheveux auréolés d'éclat de lune, «une vraie madone», et, sur toute sa personne, la douceur mate de cette lumière qu'elle gardait au creux de la main et qui se répandait dans sa chemise de nuit.

Une vraie madone. Je ne pouvais pas m'endormir tant qu'elle n'avait pas fait son apparition.

Nous avons tous, précieusement conservée au fond de notre cœur, une image des apparitions nocturnes de notre mère qui hante nos vies.

Elle allait d'une chambre à l'autre, sa petite lampe guidant ses pas. Il était plus de minuit quand elle commençait sa randonnée. Tout le monde était couché, il ne restait plus personne devant la télé, le délire de la soirée était retombé. Je l'entendais fermer la porte de sa chambre derrière elle. Doucement, sans trop faire de bruit. La maison souffrait de partout et, malgré toutes ses précautions, notre mère ne pouvait empêcher les grincements, les gémissements, les couinements qui l'accompagnaient tout au long de sa tournée et qui m'indiquaient où elle en était.

À cause des bébés qui dormaient avec moi, j'étais la seule à avoir ma chambre — en haut, tout juste au-dessus de celle de notre mère —, et je crois que c'est à cause des bébés qu'elle commençait sa tournée par ma chambre. Tous les autres couchaient là où ils rencontraient une place vide, la seule règle étant que les filles et les garçons ne dorment pas ensemble, de sorte qu'il s'en trouvait parfois qui passaient la nuit sur le divan du salon ou sur une pile de vêtements dans la salle de lavage.

J'entendais notre mère grimper à l'échelle qui montait à l'étage par un trou du plafond de la cuisine. Cette échelle était très abrupte et surtout très précaire parce qu'elle avait été fabriquée il y a très longtemps par les mains malhabiles de notre père et rafistolée par n'importe lequel d'entre nous quand un barreau venait à manquer ou qu'un montant menaçait de céder. Un escalier aurait été plus pratique, mais c'était hors des compétences de notre père quand il s'était avisé, en installant sa famille dans cette maison, qu'il fallait un moyen de communication intérieure entre les deux étages. Peut-être avait-il songé alors à notre mère en chemise de nuit, dans la neige, au vent et au froid auxquels l'auraient exposée les escaliers extérieurs. N'empêche que les gémissements de l'échelle dans le silence de la maison me faisaient craindre chaque fois que, gênée par sa longue chemise de nuit, elle ne perde pied.

Les nuits de pleine lune étaient une vraie bénédiction. Je pouvais la détailler à mon aise quand elle s'assoupissait au pied de mon lit.

LeGrandJaune croit qu'elle souffrait tout simplement d'insomnie : «C'est seulement en nous regardant dormir qu'elle se laissait engourdir par le sommeil et qu'elle réussissait à tromper un peu l'insomnie.»

Je crois au contraire que ses nuits étaient des états de veille extrêmement intense. Elle émergeait du tourbillon de ses journées, rassérénée par le repos qu'elle avait pris en soirée, et faisait la tournée des lits pour voir chacun de ses enfants, tel qu'il était lorsqu'elle lui avait donné la vie et qui lui était redonné dans le sommeil, détendu, paisible, innocent, et qu'elle voulait garder à jamais dans sa mémoire.

J'en ai pour preuves ce regard tendre et aimant qui me pénétrait jusqu'au fond de l'âme, et le vide effarant dans lequel elle m'abandonnait quand son regard passait à l'un ou l'autre des petits qui dormaient avec moi.

J'en ai pour preuve ce que m'a raconté Yahou et qui m'a été confirmé par Zorro et Néfertiti. Eux aussi l'ont rencontrée en allant pisser.

— Je sortais du cagibi, m'a raconté Yahou. C'était une belle nuit claire, une nuit d'hiver extrêmement froide, une nuit de pleine lune. Le thermomètre devait être descendu en bas du moins quarante, cette nuit-là.

«Elle sortait de la chambre verte. Tu te souviens de la chambre verte? C'est Fakir qui avait choisi la couleur, la seule fois où nous ayons repeint la maison.

«Je me dépêchais, le froid me brûlait les pieds, et je me suis arrêté net quand je l'ai vue. Et elle, l'air d'une promeneuse, nu-pieds et pourtant insensible au froid, elle s'est penchée vers moi — j'avais huit ou neuf ans —, et elle m'a dit :

» — Va vite te coucher, Julien, tu vas te rendre malade, le plancher est glacé.

» Elle était belle et grande dans la lumière de la lune. Elle avait une voix douce et calme.

» J'étais tellement surpris de la voir apparaître devant moi, et surtout de l'entendre prononcer mon nom, que j'ai filé dans la chambre sans rien dire.

» Elle a eu un petit rire amusé — elle a ri, tu te rends compte? —, et elle m'a dit :

» — Non, Julien, pas celle-là. Tu dors dans l'autre chambre.»

Ce qui avait impressionné Yahou, c'est qu'elle sache où il couchait cette nuit-là.

— Elle fonctionnait au radar ou quoi?

Bibi, à qui j'ai raconté l'histoire, a une explication plus simple.

— Elle nous comptait. Elle faisait le décompte des lits et de leurs occupants, et savait exactement où chacun de nous se trouvait.

L'histoire de Yahou me confirme dans cette vision que j'ai de notre mère, éperdue de travail le jour, mais maîtresse de ses nuits.

J'aime penser que nous nous partagions la garde de la maison. Moi qui dispensais les soins à toute la fournée de petits et grands Cardinal pendant qu'elle était à ses obsessions culinaires, et elle qui veillait sur nos nuits. La maison était sauve.

Je voudrais avoir la même assurance aujourd'hui. La famille est dispersée aux quatre vents. Il n'y a plus de discussions, plus de batailles, plus de grands rêves qui nous tiennent. Seulement la fixité d'une douleur.

La maison est à l'image de la famille. Déglinguée, mutilée, mais tenace, c'est la seule bâtisse de Norco qui soit encore debout. J'y retourne parfois, simplement pour la revoir, redoutant chaque fois qu'elle se soit affaissée, mais non, elle tient le coup, tourmentée par son propre poids, ouverte à tous les vents, et toujours au rendez-vous, vaillante et fidèle compagne.

D'une fois à l'autre, je la retrouve plus souffrante, plus grinçante. Elle a perdu ses galeries, ses escaliers extérieurs. Elle est ouverte sur tous ses flancs. Plus aucune porte, plus aucune fenêtre pour la protéger. La dentelure qui lui faisait une façade postiche — la seule coquetterie qu'elle ait eue — est habitée par une colonie d'oiseaux, des hirondelles des granges, des étourneaux, des sansonnets, qui piaillent épouvantablement et s'envolent dans toutes les directions à mon arrivée.

Norco n'est plus qu'un champ cerné par la forêt. L'impression d'immensité que j'avais autrefois se heurte à tous ces arbres qui ont poussé un peu partout. Il y en a dans la cour des Larose, chez les Boissonneault, chez les Morin, là où étaient l'église, l'hôtel Impérial, le garage Decarufel. Le seul endroit qui ait résisté à l'invasion est l'îlot qu'occupaient les trois écoles.

Je ne reconnais pas notre Norco. Ses maisons en ruine, ses carcasses d'autos, tout a été aplani sous un couvert d'herbe. La forêt prépare son avancée, et la mine, terrée dans la montagne en surplomb, attend que je lui jette un regard. Je n'en ferai rien.

Je ne sais par quel miracle la cabane à dynamite de notre père a échappé à la dévastation. Elle n'était pourtant pas très solide. Rien de ce qui sortait des mains de notre père n'était vraiment à l'équerre.

Elle a l'air d'une grosse araignée. Les planches — celles qui tiennent encore debout — se sont écartées de la base et n'offrent plus qu'un soutien oblique. Le toit, rongé par la rouille, est percé en plusieurs endroits.

Une grosse araignée encapuchonnée de tôle rouillée.

C'était le domaine de notre père. Il y entreposait sa dynamite, mais aussi tout le matériel de prospection qu'il ne pouvait trimballer dans sa fourgonnette ou entasser à la cave. Il passait de longs moments dans sa cabane, surveillé de la fenêtre par l'un ou l'autre des Titis qui annonçait : «Le Père s'en va à la cabane», «Le Père revient de la cabane.» Les allées et venues de notre père étaient toujours des événements. On le voyait si peu.

Il pouvait être des semaines dans le bois, mais lorsque ses claims étaient proches, par exemple dans le «canton» Barraute ou Lamorandière, il revenait tous les soirs. Ce qui n'améliorait en rien sa présence à la maison puisque, parti très tôt le matin il ne revenait qu'au souper, et qu'aussitôt levé de table, il filait à la cave où ses échantillons de roche allaient entretenir ses rêveries pendant toute la soirée.

Il était à la cave ou à sa cabane, la vie domestique ne l'intéressait pas. Il n'est allé, à ma connaissance, dans aucune des chambres à part la sienne, où ils se croisaient, notre mère et lui, en fin de soirée ; elle, en partance pour ses randonnées nocturnes, et lui, émergeant de son monde souterrain. La seule fois où je l'ai vu monter à l'étage, c'est lorsque Geronimo s'est rendu malade d'amour pour cette petite fille aux yeux sauvages.

Nous étions revenus de l'école depuis peu, Geronimo et moi. Nous avions laissé la directrice dans un état presque catatonique. Geronimo n'était guère mieux. C'est seulement sur le chemin du retour que je m'en suis rendu compte. Il avait les yeux blancs de fièvre. J'ai voulu toucher son front, un geste qu'il a repoussé de la main : «Ne me touche pas. J'ai mal à la tête.»

En arrivant à la maison, il s'est précipité à l'étage par un escalier extérieur et moi, je suis entrée par la cuisine. C'était le printemps, la terre dégorgeait ses restes d'hiver, et tous les enfants qui revenaient de l'école s'amusaient à patauger dans les ruissellements de neige fondante et boueuse à la recherche des merveilles dégoulinantes que leur apportait le dégel. Il n'y avait que les Titis et notre mère à la maison. Les Titis — Tootsie, Wapiti et Néfertiti, LeFion n'étant pas encore né — étaient trop jeunes pour se souvenir, et LaMère était à la cave. Je suis la seule qui ait vu notre père monter à l'échelle de la cuisine.

Il était revenu de ses claims plus tôt que de coutume. Après avoir déchargé son matériel dans la cabane, il est entré et m'a demandé où était Laurent. Comme s'il savait déjà que Geronimo ne s'amusait pas dehors avec les autres, qu'il était fiévreux, malade et alité, comme s'il avait reçu en prémonition la vision de ce qui s'était passé.

— Il est en haut. Il fait de la fièvre.

— Mal à la tête?

J'ai acquiescé d'un mouvement d'impuissance.

Il a hésité un instant, m'a regardée, vraiment regardée, et il a grimpé à l'échelle.

Ce moment m'appartient. Je ne l'ai raconté à personne. Tout comme je n'ai pas raconté l'air intimidé de notre père lorsqu'il est monté, ses gestes furtifs, l'embarras que lui causait son intrusion dans le territoire de ses enfants.

Il est resté cinq grosses minutes là-haut, je les ai comptées. Quand il est descendu, il était tout aussi mal à l'aise.

LaMère est remontée de la cave avec son chargement de patates, les Titis se sont agglutinés à mes jambes, et je n'ai jamais pu m'expliquer ce qui avait inquiété notre père à ce point, non plus que l'étrange impression que me laisse ce souvenir chaque fois qu'il refait surface.

Je n'ai raconté cette histoire à personne, même si j'ai souvent été tentée de le faire. Je suis sensible au prestige qui m'échoirait si l'on apprenait que j'ai en ma possession un coin inconnu de la vie secrète de notre père. Une gloriole éphémère, j'en suis consciente, qui s'évaporerait bien vite derrière la déception d'avoir vidé de son intimité le seul moment où mon père m'a vraiment regardée, où j'ai eu le sentiment d'avoir une existence unique.

Le plus à craindre, c'est LeFion. Il est difficile de résister au plaisir de raconter tellement il y a dans ses yeux une passion communicative pour tout ce qui concerne notre famille. Il s'enflamme, notre Fion, il brûle, il se consume tout entier en admiration devant la vie que nous avions à

Norco et qu'il n'a pas connue, pauvre petit. Il n'était pas né ou n'était encore qu'un être chétif et braillard — «un singe hurleur», disait Geronimo — quand nous avons vécu nos plus belles années. Norco était au début de sa ruine. La mine venait de fermer, les rues se désertifiaient, et nous avions le sentiment qu'il nous suffisait de le vouloir pour devenir riches, puissants, omniscients, les maîtres du monde. Nous trépignions d'impatience dans la ville mourante. Nos plus belles années. Fin des années cinquante, début des années soixante.

Quand nous parlons de notre vie à Norco, nous nous référons à cette période. Nous étions presque tous à la maison. Il n'y avait que les Grands qui avaient pris le large. Émilien, Mustang, Yahou, Fakir étaient à Montréal et ils nous revenaient les bras chargés de cadeaux, leurs vieilles guimbardes remplies à ras bord de vêtements ramassés dans les surplus de manufacture et avec, dans le coffre arrière, des cageots de légumes, des choux-fleurs, des brocolis, des champignons et autres curiosités du marché Jean-Talon, «de la nourriture d'Italiens», qu'ils déposaient aux pieds de notre mère avec des airs de conquistadors.

Nos belles années. LeFion ne s'en lasse pas. Il est constamment en quête d'une anecdote, d'un détail, à l'affût d'un flottement de conversation qui nous y ramènerait. Quand nous nous rencontrons, je sais le plaisir que j'aurai à plonger dans tous ces souvenirs, mais je connais aussi la douleur qui rôde autour du plaisir. Le temps s'est obscurci au bout de nos belles années. Lorsqu'il nous a fallu quitter Norco, la maison était complètement dévastée.

LeFion a vécu ces années sombres en toute impunité. Il n'avait que sept ans quand Angèle a disparu. Il n'en a rien su. La maison retenait le drame dans son souffle et vivait sur son erre des beaux jours.

Il était tellement fragile, cet enfant, il n'avait aucun instinct, un rien l'épouvantait. Nous l'avons toujours protégé. Moi, des coups de dents des plus vieux, et eux, des culs-terreux. Il était à l'opposé de tout ce que nous vénérions — pusillanime, velléitaire, il est d'ailleurs devenu fonctionnaire —, et pourtant authentiquement Cardinal dans son refus de ce qui n'était pas d'une vérité absolue. Il a été d'une fidélité exemplaire à nos valeurs sans jamais avoir la force de les porter. Il a affiché nos couleurs. Il a été en quelque sorte notre mascotte. Même que, pendant les grandes périodes d'ennui, quand l'hiver s'étirait jusqu'en mai ou que l'été n'en finissait pas de s'assécher dans le paysage, quand la désolation de Norco nous interpellait plus violemment qu'à l'habitude, LeFion acceptait de faire la chèvre.

Ils le laissaient seul, apparemment sans surveillance. Il jouait ou il flânait quelque part et il attendait qu'on vienne l'embêter. Il suffisait qu'un cul-terreux l'approche, et la horde des Cardinal surgissait. L'attitude, les gestes ou simplement le ton des paroles qu'ils avaient pu deviner de leur cachette étaient suffisants pour juger de l'offense. Le cul-terreux, s'il était vraiment seul, en était quitte pour une bonne frousse, mais s'il y en avait plusieurs, la bataille qui s'ensuivait était mémorable.

Ces batailles apocalyptiques faisaient du Fion le héros du jour. Ils le ramenaient sur leurs épaules et lui laissaient la gloire de tout raconter le soir devant la télé.

Pauvre Fion! Il n'a jamais réussi à se faire une place. Ils étaient trop grands, trop durs, trop convaincus de leur force, et lui, né souffreteux et le crâne pointu, il ne s'est pas cru de taille. Il courait dans la pagaille, effrayé et subjugué par ce déploiement de force, ramassant un coup de griffe au passage, tirant la langue et maniant le gros mot en retour, mais jamais il n'a réussi à s'imposer.

Ils ont essayé de l'aguerrir, ils l'ont traîné partout, il a été de toutes les expéditions, mais peine perdue, il n'a pas pris une once de cruauté, il est resté en marge de leurs jeux, en marge de notre vie et nous avons continué à le protéger, notre Fion sans échine, notre Fion timoré et braillard, notre plus fidèle admirateur.

Il n'a pas changé. Toujours aussi inquiet et nerveux derrière son veston-cravate. Trop frêle pour que nous l'exposions à notre douleur.

C'est d'ailleurs la première chose dont s'est enquis Geronimo :

— LeFion est là? Quelqu'un lui a dit? Et LaMère? Comment va LaMère?

J'ai su que ce congrès allait nous réunir quand j'ai aperçu notre grand Geronimo qui descendait d'une auto de location dans le stationnement de l'hôtel. Si un coup de téléphone l'avait convaincu de quitter ses blessés de guerre, c'est que tous les autres viendraient.

Il a pris de la consistance, il a un pas plus pesant, mais il n'a rien perdu de ses allures de jeune loup. Quand il est sorti de l'auto, il a humé l'air en relevant le museau et il a jeté un regard circulaire sur les lieux avant de s'engager dans l'enfilade de voitures. Je l'ai reconnu aussitôt.

Mais lui, allait-il me reconnaître ? Toutes ces années qui ont passé, j'ai vieilli sans m'en rendre compte.

Je ne sais pas si c'est l'insistance de mon regard derrière la paroi vitrée du vestibule de l'hôtel ou s'il a vraiment reconnu en moi LaPucelle d'il y a trente ans... Il n'a pas hésité, même pas une oscillation dans les yeux, il est venu à moi et il m'a prise dans ses bras.

Nous sommes restés une éternité dans l'entre-deux-portes du vestibule, coulés l'un dans l'autre comme des amants, jusqu'à ce que l'animation du hall nous ramène à la réalité.

— LeFion est là. Tu ne peux pas t'imaginer à quel point il va être là. Il va nous suivre à la trace, il ne nous lâchera pas d'un pouce. Mais rassure-toi, personne ne lui a dit.

Les épanchements, dès lors, n'étaient plus possibles. Derrière la porte du vestibule nous attendait la réunion de famille que nous redoutions depuis trente ans.

Je me suis retirée à regret du grand corps d'homme de mon frère, son odeur des autres pays, la chaleur riche de ses étoffes, et nous avons plongé ensemble dans le vertige des émotions.

Ce congrès est un traquenard.

Nous avons tous été étonnés et ravis de nous voir là, mais ce bref instant de bonheur s'est vite dissipé devant l'horreur de l'évidence : nous allions être rassemblés autour de l'absence d'Angèle. Dans les regards, la même vision paniquée, celle de notre mère effectuant son entrée aux côtés de notre père et qui, voyant ses enfants réunis dans le hall de l'hôtel, fait le compte, comme elle le faisait à Norco, et découvre qu'il lui manque Angèle, la plus douce, la plus aimable, la seule de ses enfants qui était douée pour le bonheur. Une vision qui l'emporterait au-delà de ce qu'elle peut supporter. Une vision qui m'interpellait, moi plus que les autres, moi la gardienne de la maison, et j'ai harponné tous les regards Cardinal qui se sont présentés à moi pour que se transmette l'urgence d'agir contre la main invisible qui nous avait tendu un piège aussi cruel. De sorte que nous n'étions plus que quelques-uns à la réception de l'hôtel quand nos parents ont fait leur entrée.

Depuis, tout n'est que dérobades, esquives, faux-fuyants. Notre mère, trop emmurée dans ses pensées, se promène dans les dédales de l'hôtel sans jamais se rendre compte de nos manœuvres.

LeFion, par contre, n'a de cesse de nous poursuivre, de nous débusquer dans nos moindres retranchements. S'il entre en contact avec notre douleur, tout est perdu. Les profondeurs du gouffre se pareraient des beautés d'une tragédie grecque, et il irait partout clamant les splendeurs de notre douleur. On ne peut rien contre l'admiration du Fion.

Il n'y a que La Tommy qui pouvait nous sauver.

Elle vit depuis tellement longtemps chez les Esquimaux, elle a pris leur façon de se fondre dans les déserts glacés. Il m'a fallu du temps avant de reconnaître notre Tommy effrontée et garçonne dans cette femme sans âge. Elle porte encore pantalon et chemise sur chemise, comme dans le temps, mais elle a perdu ses airs bravaches. Le pantalon frais repassé et les chemises, ma foi, plutôt jolies, elle est devenue quelque chose d'étrangement hybride, à la fois guerrière et fine fleur féminine, du velours sur fond de glace. En feu, la glace.

Elle s'est glissée dans la foule, personne ne l'a remarquée jusqu'à ce qu'une voix tonitruante — El Toro, je crois —, annonce : « Tiens, voilà La Tommy. » Son regard de velours sombre s'est effondré et, derrière, j'ai vu la pierre dure qui m'attendait si je lui demandais de nous sauver encore une fois.

Je ne ferai plus jamais semblant d'être Angèle.
Qu'on me le demande à genoux, écrasé dans les
millions, écrasé dans l'expiation, jamais plus on
ne me fera porter sa croix.

Angèle est morte, morte de son horrible
mort, et je ne porterai pas son sourire, je ne porterai pas l'éclat de ses yeux, au vu et au su de
tous, comme une oriflamme, comme on me le
demande, pour que la famille demeure intacte.

Angèle est morte. Morte sous des tonnes de
roches. Morte écrasée, déchirée, éventrée, évis-
cérée, décérébrée. Morte à tout jamais. Morte
pour l'éternité. Qu'on ne me demande pas de lui
redonner vie.

LaPucelle peut me traquer jusqu'au fond de
l'âme, son regard de grande intendante ne ren-
contrera qu'un caillou dur et noir. Angèle, mon
Angèle, l'Angèle de mon cœur, ma sœur, mon
amie, mon Angèle est ailleurs, au-delà de toute
atteinte, insaisissable, impalpable, son âme s'est
jointe à la mienne quand toute cette roche lui est

tombée dessus, et ensemble nous nous sommes enfoncées derrière des remparts que nul regard ne saurait transpercer.

Il n'y a que Noah, mon bel amour, Noah mon mari, qui sait où se loge la part cachée de moi-même. Il n'a jamais demandé à m'y accompagner. Il sait, c'est tout.

Noah, quand il entre dans les décombres de notre salle de bains et qu'il me découvre souriant au miroir, Noah se retire. Doucement, à pas feutrés.

— Qarinniik uqaqatiqarpit?

Oui, Noah, je parle avec ma sœur. Merci, Noah. Ce ne sont pas tous les hommes, ce ne sont pas tous les Inuits qui accepteraient de partager leur femme avec l'âme d'une morte. Vous avez une plus grande aisance avec les mystères de la vie et de l'au-delà, mais combien de vos femmes tailladées à coups de savik pour des raisons obscures?

Noah est le compagnon de mes nuits, le compagnon de ma vie. Il est l'homme le plus important de Kangirsujuaq, il est le gérant de la coopérative, il a étudié dans le Sud, il connaît les légendes, les histoires, les coutumes anciennes de son peuple et il a, au centre de son corps, cette chair rose et frémissante qui explose dans ma bouche. La première fois, tu m'as regardée, surpris, presque honteux, ça n'était pas dans vos habitudes, et puis tu n'as pas résisté, tu t'es offert, et moi j'ai découvert, dans les rondeurs de tes cuisses, la pensée fabuleuse que je pouvais m'y perdre, que ma vie entière pouvait s'y engouffrer.

Nous sommes mariés depuis plus de vingt ans et nous nous cherchons encore dans la chaleur de notre lit. Nous y avons creusé trois enfants, trois garçons, Tamusi, Joshua et Timarq, trois petits ours bien dodus et bien remuants qui grimpaient, couraient, s'accrochaient partout et nous ont laissé une maison en ruine quand trois oursonnes sont apparues dans le sillage de leur motoneige.

Angèle ne m'a jamais quittée malgré les turbulences des garçons, malgré la chair tendre et musquée de leur père, malgré les urgences du dispensaire. Les moments de grâce sont plutôt difficiles au dispensaire et, pourtant, le sourire d'Angèle parvient à s'y glisser, subrepticement, en douceur, pendant que je recouds une plaie ou que j'examine un tympan. Angèle me regarde et me sourit. C'est léger et velouté. Une plume d'archange qui virevolte dans mon cœur. Une pensée bienveillante qui me protège. Peu à peu, je sens le pétillement d'une joie secrète me chatouiller les lèvres et je me surprends à lui répondre, à lui sourire. Le visage impassible de l'Inuit à qui je viens de suturer une plaie ne peut s'empêcher de s'illuminer à son tour. C'est ainsi que, sur toute la péninsule de l'Ungava, on me connaît maintenant comme Qungainnaaq, «Celle qui sourit». Il m'en arrive de Koartac, de Kangirsuk, de Salluit, ils se sont égarés dans la tempête ou ils viennent faire une visite à des parents, et ils réclament Qungainnaaq.

Le sourire d'Angèle est une douceur dans ma vie. Quand il est longtemps sans m'apparaître de l'intérieur, je m'installe devant le miroir de notre salle de bains et je l'appelle. Il suffit que je gonfle les lèvres et que je les tende légèrement tout en les pressant sur mes dents pour que le sourire d'Angèle renaisse sur mon visage. Rien de plus facile, nous étions pareilles, absolument identiques, des jumelles univitellines. Pas un grain de beauté, pas la moindre parcelle de peau ne nous distinguait. Nous nous sommes souvent amusées à rechercher sur nos deux corps ce qui pouvait être dissemblable. Nous avions même entrepris, par un de ces après-midi d'un ennui insondable, un après-midi de fin d'été, de compter jusqu'à nos cheveux pour comparer.

Absolument identiques, et pourtant tellement différentes. Le regard, le port de tête, la démarche et, surtout, ce sourire que tu avais reçu du ciel et qui se répandait autour de toi comme une volée de papillons ; tout avait la grâce et l'insouciance du bonheur chez toi alors que j'étais dure comme la pierre. On ne pouvait pas nous confondre. Tu étais Angèle, la douce Angèle, et moi LaTommy, une Cardinal, une vraie de vraie. Nous marchions l'une à côté de l'autre dans les rues de Norco et tout le monde savait qui était l'une et qui était l'autre.

Le bonheur, tu le sais, nous en avons longuement discuté, je n'en voulais pas. J'avais mieux à faire que d'être heureuse dans la vie. J'avais des rêves tellement grands que je ne pouvais pas en rêver. Le bonheur n'était qu'un encombrement, une mollasserie qui allait affadir le goût de mes rêves. Et la vie, dans l'un de ces revirements cruels dont elle a le secret, a fait que je me trouve installée dans une sorte de bonheur aux confins des terres habitées alors que tu as été arrachée à ses promesses, morte à dix-sept ans, sans avoir connu le mari aimant, les enfants propres et bien mis, la maison et tous ces beaux vêtements qu'elle t'avait fait miroiter.

— Si on ne peut pas rêver d'être heureux, si le bonheur est une chose méprisable, qu'est-ce qui nous reste? Faut-il être malheureux? Est-ce que le but d'une vie est de courir après le malheur?

Angèle ne comprenait pas, ne voulait pas comprendre. Nos discussions étaient douloureuses.

Je ne lui en ai jamais voulu. Elle avait été ensorcelée par la McDougall.

Nous avions cinq ans quand la McDougall et son bouffi de mari ont mis leurs pieds puants dans notre maison. Je n'oublierai jamais. Ils ont crevé notre bulle, ils ont fait qu'Angèle et moi sommes devenues différentes.

C'était un dimanche midi, nous étions encore à table, et les deux épouvantails, elle, grande, noire, agitée, et lui, petite souris obèse souriant à pleine gueule pour montrer l'or de ses dents, les deux épouvantails se sont assis sur les caisses à dynamite qu'on leur a glissées contre le mur. Et pendant que nous finissions notre repas, ils n'ont pas cessé de nous regarder, Angèle et moi.

Je ne comprenais rien à ce qu'ils disaient. Ils

parlaient entre eux, nous montraient du doigt et s'excitaient l'un l'autre avec des mots creux et mous, des mots que je ne comprenais pas et qui sentaient l'adulte pourri.

McDougall, nous le connaissions déjà. Il faisait partie de cette cohorte qui défilait à la maison, des prospecteurs mais aussi des gens d'argent, des magouilleurs comme McDougall, vagues représentants de syndicats miniers pour lesquels notre père faisait parfois des travaux de prospection.

Il était tout à fait inhabituel qu'un de ces hommes, au surplus accompagné d'une femme, traîne à la cuisine. Notre père recevait ses visiteurs à la cave, là où étaient ses roches, ses cartes et ses rêves, et, après maintes palabres dont on n'entendait que le murmure souterrain, ils quittaient la maison sans autre attention pour ceux qui s'y trouvaient qu'une salutation distraite.

Le sourire carnassier de la McDougall n'en était que plus inquiétant.

Elle nous souriait de toutes ses dents, ses grandes dents jaunes de sorcière, et ne nous quittait pas de l'œil. Nous étions, Angèle et moi, à l'autre bout de la table, entre les Grands et le bébé du moment, de sorte que le regard venimeux de la sorcière n'échappait à personne.

Aucun des Grands n'avait quitté la maison à cette époque. Émilien, notre patriarche, n'avait pas encore commencé à rêver de l'Australie. Il avait quinze ans, c'est donc dire que nous étions dix-sept à table et que Zorro était le bébé. Notre mère était au comptoir, elle ne se tenait jamais loin de ses casseroles.

Je n'avais que cinq ans, mais je me rappelle très bien avoir pensé : «Si la sorcière me parle, à moi ou à Angèle, je la griffe au visage.»

Nous étions tellement liées, tellement proches l'une de l'autre, comment aurais-je pu imaginer que, pendant que je m'aiguisais les griffes, tu te laissais tranquillement dévorer par la McDougall?

J'avais un plan en tête pour échapper à la sorcière et à son porc rabougri. L'idée était simple mais se découpait sur fond de grandes manœuvres militaires tellement elle me remplissait d'excitation. Il s'agissait de profiter du branle-bas de sortie de table et de nous glisser derrière ceux qui allaient se disputer le divan du salon pendant que l'attention des deux affreux allait être retenue à la cuisine par les empoignades de la corvée de vaisselle.

Le malheur a voulu qu'à cause de la présence des affreux, plus personne n'ait eu goût à la bagarre. La sortie de table s'est faite sans coups ni blessures et le regard des McDougall nous est resté vrillé au corps.

J'ai quand même tenté une échappée vers le salon, mais la voix de notre père nous a interceptées :

— Restez, les jumelles, monsieur et madame McDougall ont quelque chose à vous dire.

J'ai senti la pointe acérée de mes ongles dans la paume de ma main. L'autre, ma main droite,

celle qui tentait d'amener Angèle au salon, celle-
là est restée ballante, Angèle l'avait abandonnée.

Elle s'est avancée vers les deux affreux. Ils se
pourléchaient, les cannibales. Angèle leur avait
décoché son sourire qui fait papillonner le bonheur.

Moi, j'étais pétrifiée. Qu'est-ce que tu faisais
là, mon âme? Ne vois-tu pas que ce sont des
vampires? Qu'ils vont te sucer le sang?

J'entendais les paroles des monstres, des mots
que notre père traduisait de son anglais approxi-
matif au fur et à mesure qu'ils sortaient de
leurs bouches hideuses, des mots qui laissaient
entrevoir une grande maison bordée d'arbres,
un feu d'érable dans la cheminée du salon, une
belle grande chambre blanche pour chacune,
ou si nous le désirions, c'était à notre goût, une
immense chambre pour nous deux, et des poupées qui parlent, des services de vaisselle en
porcelaine, des robes à froufrous, des études en
France ou en Angleterre si nous en avions envie,
ils pouvaient tout nous offrir si nous accep-
tions d'aller vivre avec eux, à Montréal, dans un
endroit merveilleux qui s'appelait Westmount
et qui deviendrait alors pour eux un paradis sur
terre, eux qui n'avaient pas d'enfants.

Les mots défilaient, perfides, trompeurs, mais
je n'avais encore rien compris, j'étais trop absor-
bée à suivre le regard d'Angèle. Elle n'était plus
qu'à quelques pas des monstres, à portée de
bras, à portée de griffes. Elle leur souriait. Les
anges et les archanges voletaient autour d'elle.

Et, dans ses yeux, il y avait une lueur opiniâtre, une pointe de regard attachée à la McDougall et qui suivait chacun des mouvements de tête de l'horrible voleuse d'enfants.

Elle a été hypnotisée par l'aigrette de la McDougall. Il n'y a rien d'autre pour expliquer ce qui s'est passé.

L'aigrette s'agitait frénétiquement sur le chapeau de la McDougall, un affreux chapeau de feutre mauve fané, une vieillerie de riches. L'aigrette, d'un rouge vif et brillant, battait l'air d'un scintillement de lumière. Ce n'était probablement que du toc, du plastique, au mieux du verre filé, et pourtant les brindilles étincelaient comme des diamants sur le feutre suranné. Et c'est l'éclat artificieux de ce leurre, que la McDougall distribuait par giclées étincelantes en gigotant et en tournicotant comme une girouette désaxée, qui a emprisonné dans ses rets le regard et l'âme de mon Angèle. Car c'est vers l'éclat empoisonné de l'aigrette qu'elle a pointé le doigt quand, dans toute la cuisine, s'est élevée une clameur outragée.

LaPucelle a été la première à s'indigner :

— Quoi ! Ces deux-là veulent adopter LesJumelles !

Et dans toutes les bouches, la même indignation reprise en écho :

— LesJumelles ! Ils veulent LesJumelles !

C'était tellement inattendu, tellement grotesque, personne n'osait y croire, et pourtant les McDougall étaient là, dans notre cuisine, assis sur des caisses à dynamite, écœurants de bêtise, dégoulinants de convoitise, et nous tendaient les bras : «You want to come with us? You want to come with us?»

C'est à ce moment qu'Angèle a pointé l'aigrette et a dit d'une voix d'enfant gâtée, une voix que nous ne lui connaissions pas :

— Je veux ça.

La vieille chouette s'est mise à roucouler. «Oh! Darling! Darling! Darling!»

Elle se liquéfiait de bonheur, la McDougall, elle se répandait en mare dans notre cuisine, elle baignait dans les eaux de sa bêtise.

«Oh! Darling! Oh! Sweetheart!», elle s'est empressée de retirer son aiguille à chapeau et d'offrir le feutre fané.

J'ai vu, j'ai bien noté dans ma mémoire de petite fille de cinq ans, j'ai vu tout le soin qu'a pris la McDougall pour garder l'aigrette dans la ligne de regard d'Angèle. Elle a retiré l'aiguille, enlevé le chapeau, lissé les cheveux qui voulaient suivre, elle roucoulait, minaudait, mais aucun de ses gestes n'a porté ombrage au miroitement de l'aigrette, elle y a veillé, le diamant rouge brillait de tous ses feux, à hauteur du regard d'Angèle, lorsqu'elle lui a tendu le feutre décrépit : «Here you are, Honey. It's yours.»

J'ai été contente, soulagée, nous l'avons tous été, d'entendre la colère d'Émilien :

— Tu ne vas pas les laisser nous prendre Les-Jumelles?

C'était l'aîné, notre chef, la fierté de notre

race, Geronimo ne l'avait pas encore détrôné, et il allait montrer à cette chipie qu'il ne suffisait pas d'agiter les spectres de sa richesse pour qu'on vienne s'y agglutiner.

Debout à une extrémité de la table, il s'adressait à notre père qui, lui, était assis à l'autre extrémité, face aux McDougall, observant la scène d'un sourire amusé depuis le début. Sa réponse nous a laissés dans un questionnement que nous n'avons pas encore épuisé.

— Les jumelles sont assez grandes maintenant. C'est à elles de décider.

Et c'est alors que... Ô mon Angèle, ils ne t'ont jamais pardonné, même moi, après toutes ces années, j'ai du mal... c'est alors qu'Angèle est allée vers l'aigrette, elle a saisi le chapeau, s'est laissé prendre dans les bras de la McDougall, asseoir sur ses genoux, et s'est abandonnée aux minauderies les plus ridicules des deux escrocs.

Ils n'ont jamais voulu me croire. Ils n'ont jamais voulu voir autre chose que l'affront, que l'apparence des gestes. Angèle ne s'est pas donnée en adoption, elle a été ensorcelée, elle a été hypnotisée par cette maudite aigrette. Je le sais mieux que n'importe qui. Nous étions de la même chair, Angèle et moi, nous étions de la même essence. Je sais qui elle était à ce moment-là, ce qu'elle ressentait, ce qu'elle voulait et ne voulait pas. Nous formions un tout indivisible.

Elle voulait l'aigrette, seulement l'aigrette. Elle n'a pas voulu ce qui lui a été offert par la suite, mais y a consenti, et ils l'ont surnommée

L'Adoptée parce qu'elle acceptait les poupées, les robes, les fanfreluches que lui offraient les McDougall.

Ils ne lui ont jamais pardonné. Geronimo était le plus féroce. Quand il s'adressait à Angèle, il y avait un sifflement dans l'air.

Et moi, j'ai été déchirée entre l'allégeance que je devais à ma famille et le sentiment qu'il me fallait protéger Angèle. Je n'ai plus eu d'enfance.

Que serait-il advenu d'Angèle, de notre pauvre mère, de nous tous, si je n'avais pas hurlé à la mort?

Les McDougall avaient Angèle en leur pouvoir. Ils la mignotaient, lui susurraient des obscénités, la grande maison de Westmount, les arbres devant, le jardin derrière, la chambre blanche, et tout ce bonheur qui dégoulinait de robes, de dentelles et de glaces à la vanille, c'était à vomir. Et pendant qu'Angèle s'abîmait l'âme dans la contemplation des brindilles de plastique, le regard de la McDougall est venu me débusquer derrière l'échelle de la cuisine où je les tenais assassinés entre mes griffes, elle et son avorton de mari.

— You want to come with us? Vous venir? venir avec petite sœur?

Je sais maintenant, ils me l'ont tous raconté, je sais que si le hurlement qui s'était déchiré au plus profond de moi-même, si mon cri m'était resté coincé dans la gorge et n'avait réussi à briser le sortilège, mes frères se seraient avancés d'un seul tenant et leur auraient arraché Angèle des bras. Émilien, Mustang, Yahou, Fakir, ceux qu'on appelait les Grands, même Toutank qui n'avait alors pas plus de dix ans, ils m'ont tous dit qu'ils n'auraient jamais permis qu'un cul-ter-reux, qu'il soit couvert de fumier ou d'argent, qu'il vienne des colonies avoisinantes ou d'une grande ville orgueilleuse, ils n'auraient jamais permis qu'un cul-terreux débarque chez nous, dans notre maison, et nous enlève Angèle.

J'ai rugi, j'ai hurlé, comme un lion, comme une damnée, et j'ai enfourché l'échelle de la cuisine.

Je suis incapable de me rappeler s'il y avait un sens à mon hurlement, s'il y avait des mots dans ce jaillissement de fureur, si je leur ai craché des injures, ma révolte ou ma douleur, je me sou-viens seulement de ma rage et du regard dévasté de notre mère.

Mon cri a vaincu le sortilège. Angèle a sauté des genoux de la McDougall, elle a couru à l'échelle, emportant avec elle le chapeau à aigrette, et elle est venue me rejoindre dans la salle de lavage, sous la montagne de linge sale où je m'étais terrée, et ensemble nous avons pleuré.

Nous n'avions que cinq ans et pourtant nous savions que la longue route qui s'ouvrait devant nous venait brusquement de se scinder, mon destin étant clairement tracé, il suivait la droite ligne qui allait tous nous mener, nous, les fiers et ombrageux Cardinal, au sommet de l'inac-cessible, mais elle, Angèle, qu'allait-elle faire sur cette voie capricieuse qui se distanciait de la nôtre?

Nous le savions, quand nous pleurions dans les bras l'une de l'autre, avec toutes ces chaussettes et ces chemises sales emmêlées à nos corps, nous le savions que c'était notre dernier vrai moment ensemble, qu'ensuite tout serait différent. Angèle n'a pas suivi les McDougall, mais ils lui avaient pris son âme et nous n'allions plus vivre d'un même cœur.

Les McDougall sont rentrés bredouilles à leur château. Ils voulaient le couple, deux petites jumelles identiques à mettre devant leur feu de cheminée, et ils s'étaient butés à mon hurlement de sauvageonne.

Ils ont continué à rôder autour cependant. La McDougall n'est plus revenue, mais elle envoyait des tas de cadeaux par son mari. Chapeaux, robes, jupons et autres agaceries de femme stérile, tout était en dentelles, en rubans, et en double ! dans cette boîte qui nous arrivait deux à trois fois l'an et qui était éventrée sans ménagement sur la table de cuisine pour que le petit gros de la McDougall sache en quel respect on tenait les vomissures de riches dans cette maison. N'eût été des yeux émerveillés d'Angèle, McDougall n'aurait pas rapporté d'autres boîtes.

Angèle a porté la dentelle et les fanfreluches des McDougall avec innocence, comme si elle n'entendait pas tout ce que ce déploiement de frivolités soulevait de hargne et de rancune. Moi, j'entendais la réprobation de la maison et, chaque fois qu'il lui prenait envie de s'habiller d'une de ces robes froufroutantes, je lui demandais : « Pourquoi ? Tu ne vas quand même pas à un bal. » Et elle, gracieuse et légère : « Elle est tellement jolie, tu n'as pas idée de son effet au soleil. »

Je la laissais à sa joie, à la mienne également, j'aimais voir les volants de sa robe danser au soleil, je ne pouvais faire autrement, même si je savais qu'elle allait au-devant de l'humiliation.

Ils ne l'injuriaient pas, ne l'accablaient pas de reproches, nos frères avaient de la finesse dans les opérations de démolition. Geronimo, particulièrement, était très doué pour les remarques assassines : « Où t'en vas-tu habillée comme ça ? C'est déjà l'Halloween à Westmount ? » Si Angèle continuait à se dandiner et à virevolter sur elle-même, s'il voyait que le plaisir de la robe restait intact, il proposait alors une expédition, une baraque à brûler, une cervelle d'ours à faire exploser, un raid punitif contre des culs-terreux, l'expédition se faisait à travers champs et bois et n'avait d'autre objectif que d'y amener la robe à froufrous : « Tu viens, L'Adoptée ? »

Quand je vois les petites filles de Kangirsujuaq endimanchées d'une robe fleurie sous leur parka d'hiver, je ne peux m'empêcher de penser à Angèle. Les petites filles de Kangirsujuaq sont rondes, costaudes et rieuses. Elles ont mis une robe pour célébrer le printemps. Une robe colorée qui fait tache au soleil. De ma fenêtre du dispensaire, je les vois courir parmi les flaques d'eau, parmi les ordures dégorgées par la neige fondante, parmi les blocs de glace que le dégel a amassés au fond de la baie, et je vois Angèle, noiraude comme mes petites Inuites mais maigrelette, et qui court à la suite des autres parmi les décombres de Norco. Angèle a mis sa robe de tulle vert irisé, sa plus belle, celle qui appelle le soleil et le bonheur et qui virevolte, sautille et m'étourdit de légèreté. C'est aussi le printemps à Norco. La neige a noirci, elle enserre les restes délabrés de la ville. Norco a pris des allures de champ de bataille en déroute. Et c'est la fête. Nous courons, Geronimo en tête, à la découverte de ce que l'hiver nous a abandonné. Je ne peux cependant m'empêcher de voir la belle robe d'Angèle recevoir des giclées de boue quand Magnum ou LeGrandJaune passe à côté d'elle et saute à pieds joints dans une flaque d'eau sale.

C'était toujours comme ça. Ils l'entraînaient dans des expéditions dont elle n'avait nulle envie, et la robe à froufrous revenait sale, tachée, encrassée de glaise, de suie, de gomme d'épinette, trouée, déchirée, complètement abîmée, tout juste bonne à se retrouver dans le tas de vêtements indifférenciés de la salle de lavage.

Elle n'avait pas le choix. Quand Geronimo prenait cette voix pour lui demander : «Tu viens, L'Adoptée?», elle devait démontrer à qui allait son allégeance.

C'était dit sur un ton faussement révérencieux. Il y avait une ironie menaçante dans cette façon d'insister sur «L'Adoptée». Et Angèle, qui tenait à prouver qu'elle n'avait pas basculé dans l'autre camp, qu'elle était toujours des nôtres malgré son goût pour les colifichets et les fanfre-luches, Angèle acceptait d'aller abîmer sa belle robe à travers champs et bois.

Et moi, je ne savais plus à qui je devais fidélité.

Nous étions les deux cœurs d'une même âme, Angèle et moi, nous vivions en symbiose, nous étions LesJumelles, absolument indissociables, des siamoises, personne n'avait réussi à trouver à l'une ou à l'autre une particularité qui puisse lui valoir un surnom distinctif, et voilà qu'une touffe de brindilles de plastique sur un vieux chapeau lui avait ravi son âme, et qu'elle était devenue L'Adoptée.

Je n'ai pas porté les robes des McDougall. Je n'ai pas joué avec leurs poupées. J'ai refusé les cordes à danser, j'ai refusé le rose bonbon, j'ai refusé tout ce qui pouvait ressembler de près ou de loin à ce qu'il y avait dans ces boîtes et je me suis mise au hockey, au baseball, au jiu-jitsu, passionnément, frénétiquement, au point de me gagner la position d'ailier droit au hoc-key et qu'au jiu-jitsu on me craignait autant que n'importe qui. Je suis devenue LaTommy.

J'étais de toutes les expéditions, de toutes les bagarres. À dix ans, j'ai mis le grand Boissonneault knock-out. À douze ans, je me suis défendue seule contre trois. Je me battais avec mes poings, avec mes pieds. Je n'ai jamais griffé ou mordu comme une fille. Je me défendais, j'attaquais, je me battais avec l'énergie du dernier combattant.

Je me battais contre la bêtise des culs-terreux, contre nos hivers trop longs, contre la cruauté du soleil et des mouches noires à l'été, contre les profondeurs de l'ennui, je me battais parce que j'avais des rêves trop grands pour Norco, parce que tout se gagne à l'arraché dans cette vie, je me battais pour ne pas me faire traiter de femelle, pour ne jamais avoir à essuyer l'ironie de Geronimo, pour que personne ne se risque à insinuer des choses au sujet du château qui m'attendait à Westmount, pour que jamais on ne doute de moi et pour que tu puisses parfois leur échapper, ta belle robe volant au vent, et pour que la désolation de Norco s'illumine de tulle irisé. Je me battais pour toi, Angèle.

Et pourtant, de nous deux, tu étais la plus courageuse. Toi et tes colifichets, toi et ton sourire d'archange, tu leur as résisté mieux que je n'ai su le faire avec mes effronteries de garçon manqué. Malgré leurs vexations, tu n'as pas renoncé à ce goût que tu avais pour les belles choses.

D'où te venait ce goût? Je n'ai jamais vraiment compris. De l'aigrette, probablement.

— Les belles choses sont aussi essentielles à la vie que les arbres, que le soleil, que l'eau pour les poissons. Une jolie robe, c'est comme une fleur, c'est comme un arbre qui répand sa fraîcheur.

Les belles choses, tu le sais pourtant, nous étaient hostiles. «Des charmenteries», disait Geronimo. Nous n'avions que mépris pour ces choses étrangères qui nous narguaient du loin de nos vies. Et tu aurais voulu que la beauté d'une robe nous réconcilie avec le monde?

— Je ne veux rien faire de ça. Je veux seulement porter les belles robes que les McDougall me donnent.

Nous avons souvent eu de ces discussions. Angèle se cabrait et moi, j'essayais de la ramener dans le giron familial. Je n'ai jamais réussi qu'à nous tourmenter toutes les deux. Elle n'a renoncé ni aux jolies robes ni au château de Westmount.

La première fois que le petit gros de la McDougall est venu la chercher pour l'amener à leur château, j'ai cru que le monde allait s'écrouler. J'ai erré sans âme pendant deux semaines. «Des vacances, m'avais-tu dit avant de partir, c'est seulement des vacances.»

— Des vacances de quoi? Des vacances de qui?

La première fois, c'était à l'été de 1957. Je me souviens très bien, c'est l'année où la mine a fermé. La ville était sens dessus dessous. Le prix du zinc avait sombré et, avec lui, tous les espoirs qu'un chèque de paie entretient chez les pauvres gens. La ville commençait à se lézarder. Quelques familles étaient parties, traînant derrière elles leur maison sur un fardier de fortune. Les autres hésitaient entre l'appel d'une mine plus au nord et l'espérance d'une remontée du zinc pendant que, sur la montagne, une équipe de fiers-à-bras démontaient les installations de la mine. Ça n'était encore rien. La grande curée n'était pas commencée.

— Des vacances? Quand nous allons vivre l'été le plus extraordinaire de notre vie?

Notre mine nous était revenue. Nous n'allions pas pleurer, ni faire semblant. Nous étions les plus pauvres des plus pauvres dans cette ville. Notre père n'était ni mineur, ni manœuvre de quelque sorte, ce qui lui aurait valu d'être sur la liste de paie de la mine et de distribuer ses largesses à ses innombrables enfants. Notre père était prospecteur, rêveur patenté, il avait découvert le massif de zinc, quelque chose de gigantesque, un massif de 2 500 pieds sur 100 pieds, 17 millions de tonnes, la découverte minérale la plus importante au Canada, avaient dit les journaux à l'époque. La Northern Consolidated lui avait fait une embrouille sur papier et il avait signé, trop heureux d'aller rêver ailleurs. Et nous, ses enfants, nous allions le venger, nous allions faire valoir ses royalties, nous allions devenir les maîtres de la ville qu'il avait fait naître. Des arguments que ne pouvait entendre Angèle.

— Je veux seulement aller voir leur maison.

— Une maison, ça ne sera jamais qu'une maison. Du ciment, des planches, des portes, des fenêtres. Une maison, qu'elle soit à Westmount ou à Norco, c'est du pareil au même.

— Ils ont une sonnette à la porte d'entrée, un récamier dans le vestibule, des draperies de velours, des tapis de Perse, des fauteuils de cuir au salon, et des miroirs tout partout dans la salle de bains.

— ... un récamier dans le vestibule ?

— Un divan pour s'asseoir couché.

— S'asseoir couché ?

— Tu vois bien que ce n'est pas pareil partout. Je ne sais pas comment on s'assoit couché, ni pourquoi, mais je veux savoir. Je veux voir leur maison, je veux savoir comment on vit ailleurs. Ensuite, je reviens et je te raconte tout, puisque tu refuses de venir. C'est promis, c'est juré. Je reviens et tu sauras tout.

Après l'aigrette, c'était le récamier. Je ne pouvais rien contre cette fascination qu'elle avait pour tout ce qui scintille ailleurs.

Quand elle est montée dans l'Oldsmobile du petit gros de la McDougall, nous étions sur la galerie, groupés en portrait de famille, silencieux et terriblement solennels. Nous y étions tous. Même notre mère y était. Emportée par le mouvement, elle s'était retrouvée, une spatule ou quelque autre instrument de cuisine à la main, brutalement exposée au soleil de juillet, écrasée sous le poids de la rancune qui vibrait dans la touffeur des émotions. Il était clair que nous étions réunis pour refuser nos adieux à Angèle.

J'étais là, moi aussi, figée dans l'immobilité, au premier rang du portrait de famille, et je me cramponnais à ma douleur. Une image qui m'a poursuivie toute ma vie. L'image de ma première trahison.

Je voudrais bien pouvoir effacer cette image, la rayer de mes souvenirs, mais à quoi bon puisque des trahisons, il y en a eu d'autres, et que je n'échapperai pas au regard d'Angèle dans l'Oldsmobile noire.

Angèle était terrifiée par le long voyage qui

l'amènerait à l'autre bout du monde, terrifiée par tous ces visages durs et froids qui lui reprochaient sa désertion, par cette détermination qu'elle avait au fond du cœur et qui l'amenait encore une fois à rompre avec nous, terrifiée, malheureuse, désespérée, et elle s'est adressée à moi, elle m'a fait un petit geste de la main, c'est à peine si j'ai vu ses doigts bouger au-dessus du tableau de bord — un signe de reconnaissance que tu m'envoyais dans ta détresse et que j'ai laissé mourir à mes pieds sans même le regarder. Tu ne me demandais pourtant pas grand-chose, simplement de me détacher du bloc de ressentiment et de te signifier du regard que j'étais avec toi, solidaire, malgré la rancune vibrante de la galerie, et je suis restée de marbre, je t'ai laissée partir sans un adieu. Notre première séparation, ma première trahison.

Le pire, c'est que tu m'as pardonné. Comme si tu connaissais déjà toute l'étendue de ma lâcheté. Oui, le pire, c'est d'avoir vu dans ton regard que tu me pardonnais. Tu savais que je ne pouvais pas me désolidariser du portrait de famille, que je n'en avais ni la force ni le courage, ni même la volonté, et tu as eu ce petit sourire triste et résigné qui me disait de ne pas m'en faire, que tu prenais tout sur toi.

L'Oldsmobile est partie en emportant ton image vers des lieux que je ne pouvais même pas imaginer et je me suis retrouvée seule, affreusement seule, abominablement seule, avec ma honte et le mépris de moi-même. Pendant ces deux semaines d'horreur, je me suis battue contre tous les monstres de mon âme.

Norco, pendant ces deux semaines, était assiégé par un soleil d'enfer. Nous n'étions qu'à la mi-juillet et, pourtant, il y avait dans l'air une poussière sèche de fin d'été. Norco cuisait au soleil. La ville n'était qu'une enclave, une trouée minuscule dans la forêt, un îlot pelé, sans arbre et sans autre végétation que les longues herbes dansant mollement entre les maisons, et, ainsi livrée aux ardeurs du ciel, elle était devenue une immense plaque chauffante que nous parcourions en tous sens, du matin au soir, gris de poussière, bruns de soleil, noirs de rage conquérante, et moi, confondue dans mes sentiments, je suivais la horde en me demandant où tu étais, ce que tu faisais et si je devais me réjouir que tu m'aies pardonné.

Geronimo s'était mis à notre tête. Personne ne lui avait contesté ce droit, même pas Toutank et Magnum, pourtant plus âgés, mais qui n'avaient pas le furieux appétit de pouvoir de Geronimo. Depuis que les Grands avaient quitté la maison, il se rongeait les nerfs. Et c'est lui, Geronimo, tout juste douze ans, gringalet inquiet et ravageur, qui nous a conduits à la guerre. Je dis la guerre parce que c'est ainsi qu'il disait et que nous disions tous. Nous étions en guerre. Contre les fiers-à-bras qui démontaient les installations de la mine, contre leurs esclaves, ex-mineurs et futurs chômeurs de Norco qui les aidaient à empiler le fer et le bois dans les camions, contre les culs-terreux des villages avoisinants qui venaient commenter la catastrophe à l'hôtel, contre les lamentations, les pleurs et les grincements de dents, contre les puissances telluriques qui avaient jeté un mauvais sort à notre zinc, contre ce soleil étourdissant qui nous donnait des cauchemars la nuit. Je crois bien que nous avions déclaré la guerre à la terre entière. Et plus encore, à toutes les forces de l'univers qui nous tenaient là, dans ce ratatinement de l'humanité, férocement attachés à la pauvreté de nos vies, et convaincus que c'était de cette ascèse qu'allait sourdre l'essence pure et dure du diamant qui était en chacun de nous.

Je n'ai jamais été aussi furieusement Cardinal que pendant ces deux semaines. J'étais de tous les commandos. Un raid sur la montagne? J'étais la première à me porter volontaire. J'allais épier les fiers-à-bras, leur voler des outils, de l'essence, crever leurs pneus et, ô plaisir suprême, lancer une allumette dans une baraque, courir me mettre à l'abri avec les autres, et regarder, si la chance était avec nous, regarder tout ce bois qui brûlait, la baraque en flammes, la machinerie, tout cela qui se consumait en fumée épaisse et qui ne pourrait pas être transporté et servir à une autre mine. Les culs-terreux? Les nôtres et ceux des colonies avoisinantes qui venaient se répandre en vociférations braillardes à l'hôtel Impérial ou à l'hôtel Royal? Ils revenaient de l'hôtel avec un poisson ou un chat mort dans leur auto, quand elle démarrait, bien sûr, si nous n'avions pas enfoncé une patate dans le tuyau d'échappement. Et puis, il y avait tous ces feux qui éclataient un peu partout dans l'herbe sèche.

Je me suis jetée à corps perdu dans la guerre. Il y avait tellement de nœuds enchevêtrés dans ma douleur. La honte, le mépris de moi-même, et cette faute, la mienne et la tienne, cette faute que je prenais sur moi d'expier. Était-ce la galerie de la honte que je fuyais ? Je ne sais pas si ma fureur au combat cherchait à faire oublier que tu n'étais pas là, que tu avais déserté, ou si c'était ma propre défection que je voulais me faire pardonner, mon amour secret pour tes robes au soleil, l'infinie tendresse que je te gardais malgré leur rancune obstinée.

Il n'y avait que dans le vaste empire de mes nuits que je retrouvais un peu de répit. J'essayais de t'imaginer chez les McDougall. Mais je n'avais jamais vu de récamier, ni même de vestibule ou de sonnette d'entrée, mon esprit tournait à vide, je ne pouvais pas t'imaginer au pays des riches, et la nuit se déroulait, longue, noire et sans sommeil, jusqu'à ce que notre mère soit passée par la chambre où j'étais. Elle me regardait longuement, intensément, je sentais son regard sur mes paupières closes, et, après un moment, elle se penchait sur moi, tout doucement, et m'effleurait la joue de sa main fatiguée : « Allez, dors maintenant. Ne t'en fais pas, elle va revenir. » Je m'endormais enfin, rassurée par l'image de l'Oldsmobile noire qui te ramenait à la maison.

La ville fumait encore quand tu es revenue. Nous ne nous contentions plus de lancer des allumettes au hasard. Nous avions maintenant une arme qui nous permettait d'allumer des feux à distance, là où nous les voulions — avantage non négligeable puisque, devenus l'ennemi public numéro un, nous avions désormais un commando de jeunes morveux à nos trousses.

L'arc-à-quenouille. Une invention, je crois, de Magnum, et qui nous a valu nos plus hauts faits d'armes. Une branche souple de bouleau tendue sur un fil de pêche, et une quenouille imbibée d'huile ou d'essence. La quenouille de septembre donnait la meilleure torche. Épaisse, cotonneuse, elle se gorgeait d'essence et vrombissait en flammes au premier craquement d'allumette. Mais en ce terrible été de sécheresse, la quenouille de juillet était assoiffée et il suffisait qu'une de nos torches effleure la pointe d'une touffe d'herbe pour que le feu se répande en un brasier d'enfer.

Le feu s'est promené de tous bords, tous côtés cet été-là. Feu de poubelles, feu de broussailles, feu d'herbe, il courait un peu partout, le long des fossés, dans les terrains vagues, près des maisons, il a grillé la portée de chatons et brûlé la réserve de vieux pneus des Vaillancourt, il a léché la brique de la maison des Potvin, il a grignoté la lisière de la forêt plusieurs fois, il a même eu le culot d'encercler la caserne de pompiers, mais il était surtout sur la montagne, autour des baraquements de la mine. Nous visions, en fait, le dépôt de dynamite.

Et, lorsque de tout partout on accourait pour éteindre l'incendie, nous accourions nous aussi avec nos pelles et nos râteaux, et nous combattions les flammes aux côtés de nos braves et bons concitoyens qui, les yeux rouges de rage et de fumée, nous criaient : « Allez-vous-en ! Espèces de bandits ! » Ils rageaient d'impuissance. Ils ne pouvaient rien contre nous. Nous étions trop nombreux, nos parents nous avaient oubliés, nous poussions comme de la mauvaise herbe.

À la fin de l'été, plusieurs familles avaient quitté Norco. Lasses d'espérer sans espoir, épuisées, harassées, écrasées par le soleil et la guerre que nous leur faisions, les familles partaient, avec ou sans leur maison, leur tacot rempli à ras bord de marmaille, de boîtes, d'objets sans nom, et, avant de quitter la ville, elles faisaient un détour par notre maison, leur vieille auto hoquetant sous la charge, et dans un tintamarre de klaxon, de ferraille et de hurlements de colère, le père, la mère et les enfants, le visage furibond, le poing tendu, les yeux exorbités, nous injuriaient comme ils n'avaient jamais osé : « Restez en enfer, bande de sauvages ! Crevez dans votre merde, espèces d'arriérés mentaux ! » Nous avions gagné.

Quand l'Oldsmobile du petit gros de la McDougall est apparue au tournant de notre rue, nous n'en étions qu'au début de nos expérimentations avec l'arc-à-quenouille. Nous avions néanmoins un feu en train et c'est ElToro qui, le premier, a aperçu le métal luisant de l'Oldsmobile dans la fumée : «Angèle arrive! Regardez, c'est Angèle qui arrive!»

— Miss McDougall, tu veux dire.

La rancune de Geronimo ne dételait pas. Même pas en un moment pareil.

Alors, au lieu de courir en trombe à la maison, comme nous le commandait l'impulsion du moment, nous nous sommes tous rappelé que tu avais déserté et nous avons forcé notre pas pour qu'il ne manifeste aucune hâte.

Tu avais l'air d'une princesse. C'était comme une bouffée d'air frais, une fleur du printemps dans l'odeur aigre des champs roussis. La robe, toute blanche et frémissante de légèreté, les souliers, les gants, le chapeau et jusqu'à ce petit collier fin de perles satinées, tout avait la blanche beauté d'une créature venue du ciel. Tu étais un enchantement.

Étais-tu seulement consciente de l'image que tu nous donnais à voir? Toi si blanche devant l'Oldsmobile noire, et nous hirsutes et dépenaillés, vilains gnomes surgis des terres brûlées. Avais-tu oublié la rancune? la démonstration de force qui t'avait été offerte sur la galerie?

Je crois vraiment que ces deux semaines de chouchoutage chez les riches t'avaient fait perdre toute notion de survie en famille. Tu souriais aux anges, confiante dans la beauté de tes atours, et tu n'as pas pris garde.

Le premier coup est venu du GrandJaune :

— Good afternoon, Miss McDougall.

Néfertiti ou Wapiti ou un autre des Titis, je ne me souviens plus lequel, a répété dans son innocence d'enfant :

— Goonoon, MiGall.

Geronimo a été le plus incisif. Notre jeune chef avait à démontrer la fine cruauté de son intelligence pour rester à la tête de la meute.

— Alors, ce n'était pas trop long ces deux semaines à lécher des poignées de porte en or ?

Et c'est lui qui, en posant ses mains noires de suie sur la collerette de la robe, c'est lui qui a donné le signal du massacre.

Ils sont venus, les uns après les autres, tâter l'étoffe princière, soulever les rangs de crinolines, admirer de leurs mains poisseuses les perles, les rubans, la dentelle, et, quand il n'est plus rien resté de blanc, quand il n'y a plus rien eu qui la distinguait de nous, ils lui ont mis une pelle dans les mains, et Angèle, pauvre petite chose mortifiée dans sa robe charbonnée, Angèle les a suivis vers le feu d'herbe qu'ils lui offraient en guise de cadeau de bienvenue.

Et moi, je mâchais encore une fois l'amère désillusion de ma lâcheté. L'histoire des poignées de portes en or, c'est moi qui avais lancé cela à Geronimo quelques jours auparavant.

Il avait voulu m'humilier. Nous étions dans le feu de l'action, c'est le cas de le dire, nous venions de lancer une torche en direction du dépôt de dynamite. Il y avait là Bibi, LeGrand-Jaune, Tintin, Matma, nous étions en tout sept ou huit, embusqués derrière une chute de déblais, Geronimo et moi sur la première ligne de combat, et il m'a dit, en se tournant vers les autres pour que son sourire grimaçant de sous-entendus n'échappe à personne :

— Dis donc, toi, tu ne devrais pas être à ton château ?

Sur le moment, je n'ai pensé qu'à sauver mon honneur et j'ai répliqué :

— Penses-tu ! Passer deux semaines à lécher des poignées de porte en or, ça ne m'intéresse pas du tout, non merci !

Il avait eu peur quant à sa position de chef. J'avais trop d'ardeur au combat et il avait voulu m'écraser avant que je ne menace sa fragile autorité de jeune chef. C'est ce que je comprends maintenant, près de quarante ans plus tard, mais, à l'époque, nous vivions sur des tisons ardents, moi plus que les autres à cause de ma double appartenance, et je n'ai compris à ce moment-là que la loi de la survie, oubliant la part de moi-même qui devait te protéger.

Comment, après t'avoir reniée, ai-je pu retourner à notre intimité ?

Tu m'as toujours tout pardonné, mes petites faiblesses comme mes pires lâchetés, celles que je te confessais et celles que tu ne pouvais même pas soupçonner, et j'ai poursuivi ma double vie, protégée par mes allures de garçonne et ton pardon, sans penser qu'un jour viendrait où il me faudrait choisir.

Il y a eu d'autres humiliations, d'autres trahisons, le petit gros de la McDougall est revenu te reprendre à la mi-juillet de chaque été, les départs et les retours étaient toujours aussi éprouvants, mais je ne souffrais plus autant de ton absence car je pouvais désormais t'imaginer dans la maison des McDougall.

Je connaissais la couleur des murs, celle des tentures du salon, du linoléum de la cuisine, du couvre-pieds de ton lit, je savais ce qu'était un récamier, une psyché, un store vénitien, le marbre blanc, le marbre jaspé, la porcelaine anglaise, les cendriers sur pied, les poubelles à pédale, tu m'avais tout expliqué, tout décrit, tout raconté, je pouvais maintenant t'imaginer dans chacune des pièces de la maison.

Il y en avait dix-sept, si l'on comptait l'appartement de la bonne, dans les combles, où tu allais parfois te reposer, «le luxe, c'est fatigant à la longue», mais c'est dans cette grande chambre blanche que je te voyais le plus souvent, entourée de rideaux qui respirent doucement, d'images souriantes, de meubles gracieux et surtout de jouets, tous plus étranges les uns que les autres et que tu m'as appris à connaître. Des poupées rondes et colorées qui disparaissent les unes dans les autres, «des poupées gigognes», des poupées filiformes que tu habillais et déshabillais, «des Barbie», des poupées qui parlent, qui marchent, qui font pipi, et tout ce dont elles ont besoin pour prendre vie : la poussette, le berceau, la petite table chromée, le service à vaisselle et même une maison à trois étages, presque une réplique miniature de celle des McDougall, dont tu refaisais chaque jour la décoration, à croupetons entre les deux moitiés ouvertes, en chantonnant «Jack and Jill going down the hill».

— Jack and Jill? Comment peux-tu savoir que je chantais Jack and Jill?

— Parce que je t'ai entendue chanter.

— Comment peux-tu m'avoir entendue si tu n'étais pas là?

Je l'entendais, je la voyais, j'étais là-bas, avec elle, dans cette maison qui sentait la pâtisserie aux amandes et la rose fanée. Je n'avais qu'à déverrouiller la surface de mon esprit et je me transportais à Westmount, rue Lexington, dans cette maison que je m'étais fait décrire dans ses moindres détails et que je pouvais désormais habiter de tous les pores de ma peau. Un exercice que j'ai pris du temps à mettre au point et qui m'a consolée de l'absence d'Angèle pendant toutes ces années où elle allait s'embourgeoiser chez les McDougall et, plus tard, au pensionnat.

Angèle, au début, ne me croyait pas. «Ce n'est pas possible, tu me fais marcher.» Elle demandait des détails, des précisions, elle cherchait à me prendre en défaut sur des peccadilles, une bague qu'elle avait perdue, la bonne qui lui avait offert un cadeau, elle me lançait sur de fausses pistes, «le chien a failli me mordre, ici, sous l'œil droit», sur de fausses images, «monsieur McDougall a amené Brandy à la SPCA», mais moi j'avais très clairement en tête ce que j'avais vu: «Il ne s'appelle pas Brandy mais Candy. Et il ne t'a même pas touchée, c'est à peine s'il a grondé quand tu

99

as voulu lui enlever son plat et c'est la bonne qui l'a amené à la SPCA. »

Il lui a bien fallu me croire. J'étais là-bas, avec elle, chez les McDougall, ne laissant à Norco qu'une coquille vide sur laquelle se penchait notre mère pendant ses randonnées nocturnes. Notre pauvre mère qui ne devait rien comprendre à cette petite fille aux yeux fixement ouverts dans le noir. Il m'a fallu souvent revenir en vitesse, pressée de la rassurer, et lui donner le sourire ensommeillé qu'elle réclamait en me brassant doucement : « Carmelle, réveille-toi, tu es rendue trop loin dans ton rêve. »

Je n'ai jamais été aussi heureuse qu'à ces moments où Angèle m'apparaissait au bout de moi-même. Je tendais mon esprit à l'extrême, taraudant la douleur jusqu'à ce qu'il ne reste plus rien de moi, jusqu'au vertige du vide absolu, et c'est alors qu'Angèle, légère et souriante, apparaissait sur la surface plane de ma conscience et m'invitait à la suivre.

Je l'ai toujours vue avec le sourire. Chez les McDougall, dans le confort molletonné de l'argent, et, plus tard, chez les sœurs de l'Assomption, au pensionnat Sainte-Marie, où cet argent lui a payé des études classiques, elle était béate de bonheur.

Au pensionnat, c'était différent. Il y avait tous ces voiles noirs, ces longs corridors, cette uniformité de vie, et le sourire d'Angèle se couvrait légèrement. Malgré la retenue du sourire, je voyais bien qu'elle était parfaitement heureuse dans ce décor austère mais ô combien plus amène que la maison familiale.

Il y a eu des moments où j'ai craint qu'elle ne veuille plus nous revenir. Les retours étaient terriblement éprouvants et la vie au pensionnat tellement douce pour qui a le cœur porté vers les plaisirs esthètes. Rosa, rosa, rosae, Remus et Romulus, Scipion l'Africain, Zeus et Jupiter, la culture classique, la grande culture, celle qui ouvre les portes de l'estime et de la considération, les clés du monde lui étaient offertes avec tous les honneurs dus à une première de classe, pourquoi acceptait-elle de quitter cet univers tranquille pour l'antre de forcenés qui se disputaient les lambeaux de son âme dès qu'elle passait le seuil de la maison?

— La famille, c'est un rendez-vous avec ce qu'il y a de plus profondément enfoui en soi.

À son retour du pensionnat, après l'avanie de l'accueil, après qu'ils avaient déversé tout leur soûl de rancune contre l'uniforme de couventine, nous nous cherchions, Angèle et moi, un coin retiré où reprendre la conversation du mois précédent. Ces moments d'intimité étaient notre seul point d'ancrage et c'est dans le secret de ces conversations que j'ai découvert sa foi profonde dans le bonheur et, surtout, son attachement à la famille.

— Je suis et resterai une Cardinal, quoi qu'ils fassent et quoi que je fasse.

Notre intimité était toutefois continuellement menacée en raison du malin plaisir qu'ils prenaient à nous traquer. Geronimo ne pouvait plus se permettre ces enfantillages. Il avait alors seize, dix-sept, dix-huit ans. Mais il surveillait d'un sourire sardonique les plus jeunes, ceux qu'il envoyait sur notre piste, habituellement ElToro, Zorro, LeTaon, parfois aussi l'un des Titis. Il leur disait : «Il faudrait bien que sœur Angèle nous récite quelque chose en latin» ou «Ça fait longtemps qu'on n'a pas entendu parler des campagnes militaires de notre ami César», et les petits frères se lançaient à nos trousses. Ils nous trouvaient dans un coin de la cave, à la salle de lavage cachées derrière une montagne de vêtements, parfois même sous un lit enroulées dans les moutonnements de poussière, et ils nous ramenaient au salon, devant le divan à trois places, là où Geronimo nous attendait, grand seigneur et maître de jeu : «Et puis, comment ça va dans les Gaules ? Le mois dernier, si je me souviens bien, Vercingétorix avait donné pas mal de fil à retordre à César.» Et Angèle, devant toute la famille assemblée, devait débiter ses morceaux de culture latine. Elle se couvrait de ridicule. Le jeu n'avait pas d'autre but.

La maison, malgré la confusion et le désordre des pièces, n'offrait aucune cachette sûre, ils nous trouvaient toujours. Même chose pour la ville. Depuis la fermeture de la mine et surtout depuis notre guerre du feu, la ville s'était désertifiée, il ne restait plus qu'une dizaine de maisons habitées, les autres avaient été arrachées à leur carré de ciment ou abandonnées à nos bons soins, de sorte qu'il était inutile de chercher refuge parmi les décombres, Norco étant devenu territoire Cardinal, il n'y avait aucune carcasse, aucun débris de maison qui ne soit connu dans ses moindres grincements et soupirs par chacun d'entre nous.

C'est finalement à l'église, sous la protection du curé Prudhomme, que nous avons eu, Angèle et moi, ces conversations fragiles et douloureuses.

Le curé Prudhomme nous laissait à la dévotion de nos confidences, devant l'autel latéral dédié à la Vierge, et si la meute des petits frères apparaissait au bout de la nef ou dans l'entrebâillement d'une porte, il n'avait qu'à dresser sa longue et puissante stature de saint homme des bois pour qu'ils se retirent silencieusement. Il était le seul être humain de Norco capable d'un tel exploit.

Le petit autel défraîchi de la Vierge est l'endroit où j'aime le plus revoir Angèle. C'est dénudé, pauvrement décoré, mais d'une belle luminosité. Une niche de recueillement dans le vaste espace désert de l'église. L'air est pur, on entend le vent courir d'une fenêtre à l'autre. Et à côté de moi, sur le banc de bois bruni, il y a Angèle dans son uniforme de couventine, Angèle qui raconte les rêves qu'elle a faits au pensionnat, Angèle qui ne doute pas qu'une grande et belle vie l'attend, Angèle qui parle, réfléchit, s'interroge et revient à la charge, en souriant, toujours, pour me convaincre qu'il n'y a rien de mal à vouloir être heureux.

Je peux nous revoir, je peux nous entendre, aussi clairement, aussi sûrement que lorsqu'elle s'en allait caracoler chez les McDougall ou faire l'intelligente chez les sœurs de l'Assomption, et que moi, abandonnée à moi-même, je la suivais pour ne pas me perdre. N'as-tu jamais senti ma présence? N'as-tu jamais senti que j'étais là, à côté de toi, parmi les pensionnaires à col empesé qui récitaient Lamartine et Rimbaud? Je te le demande encore, comme je l'ai fait tant de fois : «As-tu senti ma présence?»

Tu regardais la flamme des lampions qui se consumaient devant la statue de la Vierge et tu me disais que non, que tu étais désolée, et l'odeur de cire brûlée m'est devenue insoutenable, je n'ai pas remis les pieds dans une église depuis Norco.

Tu me disais que là-bas, au couvent, tu avais découvert la beauté pure, et que si ma voix ne se rendait pas jusqu'à toi, c'est parce qu'il y avait une musique qui chantait continuellement à tes oreilles, la musique de Mauriac, de Giraudoux, de Montherlant, de tous les grands chantres de la langue française, de Gide surtout, André Gide et ses *Nourritures terrestres* dont tu citais des phrases entières, des phrases qui magnifiaient le plaisir de la vie, le désir que tu en avais, et qui me laissaient sans voix, tu te souviens? Tu me disais de ne pas m'inquiéter, que ces filles de riches avec lesquelles je te voyais rire et converser au couvent n'étaient pas tes amies, que ton âme était ici, avec moi, avec nous tous, tes frères et tes sœurs, malgré ce désir que tu avais d'une autre vie.

Nous avions quinze ans, seize ans, nous étions exaltées par les rêves qui nous pressaient de sortir de l'adolescence. Nous ne doutions pas que nous nous retrouverions un jour au faîte de notre gloire personnelle, toi régnant sur des nuages de volupté, et moi... « Toi, au juste, sur quoi régneras-tu ? Sur l'or que tu auras dédaigné ? Sur l'amour que tu auras refusé ? » Tu étais parfois d'une ironie !

Nous aurions pu en rester là, à ces fragiles conversations d'adolescentes. Nous aurions pu supporter encore longtemps le cercle infernal des vexations, des humiliations et des trahisons dont nous avions fini par prendre l'habitude, et nous serions un jour sorties indemnes de Norco, avec notre provision d'espérances, et nous aurions obtenu ce que nous exigions de la vie. Au lieu de quoi, j'ai cette vision tyrannique où il me faut te voir écrasée sous des tonnes de roches, brisée, détruite, anéantie à tout jamais.

Et il faudrait maintenant que je sauve la situation ? Que je m'arme de ta grâce et de ton sourire, et que je promène ton image dans les corridors du Quatre-Temps, ton image vivante, pour qu'ils puissent s'entretenir de l'illusion ?

Non, plus jamais je ne ferai semblant. Il n'y a que chez moi, à Kangirsujuaq, dans le miroir lézardé de notre salle de bains que je fais revivre ton image. Je le fais pour moi, uniquement pour moi, pour mon plaisir et pour ma douleur. Je

m'installe devant le miroir, je le regarde intensément, mes lèvres se distendent, mes yeux
prennent de l'éclat, et je te vois apparaître, telle
que tu étais, petite fille au regard pétillant, ado-
lescente exaltée et rêveuse, et je te vois telle que
tu serais maintenant, à quarante-sept ans, la
compagne et l'amie à qui je confierais les petites
et grandes joies de mon mariage, mes angoisses
de mère, l'avenir de mes trois garçons au sang
mêlé, et ma solitude — je te confie ma solitude,
ma profonde solitude, Angèle, où que tu sois, ne
peux-tu sentir ma présence?

Il arrive parfois que la métamorphose se pro-
duise sans que j'y mette ma volonté. Pendant
mes longues marches en solitaire le long de la
baie, jusqu'à la piste d'atterrissage, et au-delà,
presque à la limite de l'hinterland. Des heures
et des heures d'air pur, de marche cadencée,
d'horizon sans fin, et, petit à petit, dans l'engour-
dissement de mes pensées, je sens que mon pas
s'allège, que mes muscles ont envie de grâce et
de souplesse. Je sais alors que le miracle va éclore
sous ma peau, que tout mon être va tendre vers
toi, que je vais prendre ton regard, ton sourire, le
balancement de tes bras, de tes jambes. Et bientôt, dans la solitude glacée du Nunavik, ce n'est
plus l'infirmière du dispensaire de Kangirsujuaq
que les perdrix des rochers voient passer, mais
Angèle Cardinal, la petite Angèle qui va d'un pas
léger à la rencontre de sa joie.

Comme lorsque nous étions à Norco et qu'il
me prenait subitement l'envie d'être toi, tu te

souviens ? Je me transformais sous tes yeux en un instant. Tu riais et tu me demandais : «J'ai vraiment cet air de poupée égarée ?» J'aimais entendre ton rire.

Je portais ta robe bleu ciel la première fois où j'ai senti mon corps se glisser dans le tien. Tu ne l'as jamais su, je ne t'ai pas raconté. Je n'aurais pas voulu que tu connaisses ma fascination pour toutes ces robes frémissantes et scintillantes contre lesquelles je te protégeais. Malgré mes airs bravaches, il y avait en moi une petite fille qui n'osait avouer son attirance pour les charmes suspects de la féminité. Je savais ce qu'il t'en coûtait.

Et un jour, je me suis retrouvée seule devant l'une de tes robes et je n'ai pas su résister. Elle était étalée sur un lit, gonflée de volants et de dentelles, étincelante de lumière, vibrante d'orgueil. Une robe en organdi bleu soulevé de petites fleurs blanches serties dans un entrelacs de broderie et qui scintillait dans une échappée de soleil sous l'unique fenêtre de la chambre. J'ai été prise de vertige.

J'étais seule dans la chambre, seule aussi à l'étage, du moins l'ai-je cru, et j'ai enfilé la robe sans penser à rien de plus.

Il a suffi du contact de la mousseline de coton sur mes jambes pour que j'aie le goût de danser et de virevolter, comme une princesse de conte de fées, comme une image du bonheur... comme tu le faisais chaque fois que tu étrennais une robe. Le plaisir était total. J'étais légère, gracieuse, fragile, une poupée de porcelaine sur un fil, et la vie me tendait les bras. Tout était sourire et bonté autour de moi. Je dansais sur un nuage. Et j'ai été emportée dans un doux tourbillon jusqu'à ce que je sente le regard d'ElToro, vif et persifleur, et que je me rende compte que l'euphorie de la robe m'avait entraînée hors de la chambre, dans ce que nous appelions l'étude, et que j'étais à découvert.

ElToro n'a pas eu un moment d'hésitation. Il était convaincu d'avoir affaire à Angèle. Il était surtout ravi de t'avoir en son pouvoir, seul, sans toute la meute derrière lui pendant qu'il allait se faire les dents sur toi, plus âgée que lui mais tellement douce et tellement tendre, la proie idéale pour un jeune loup en quête d'une victoire facile.

Il s'est rengorgé de toute la dureté dont il était capable et il a lancé une méchanceté, la première qui lui est venue en tête :

— Tiens, voilà encore la McDougall qui s'enfle la citrouille.

Du coup, je suis redevenue LaTommy.

Il allait en rajouter quand il s'est aperçu que quelque chose clochait. J'ai senti son regard basculer, il venait de comprendre. Il a voulu s'approcher de moi pour bien voir ce qu'il n'osait encore croire, mais j'ai été plus rapide.

— Toi, si jamais tu...

J'avais le poing tendu, le visage en feu, je l'aurais battu, à coups de pied et à coups de poing s'il avait fallu, tellement j'étais terrorisée à l'idée qu'il aille raconter l'histoire aux autres.

Heureusement, il s'est aplati dans un coin, je n'ai pas eu à le battre, et je suis retournée à la chambre, bien décidée à tout nier si la chose venait à s'ébruiter et, surtout, à ne plus jamais succomber à aucune de tes robes.

L'envie m'en est restée toutefois. L'envie du tissu léger sur ma peau, du gonflement de la crinoline sur mes jambes, l'envie de marcher à petits pas ailés, de sentir que le sol m'échappe, que je vais m'envoler, emportée par la légèreté de la robe et l'envie de scintiller au soleil. Cette folie m'est restée et je me suis souvent retrouvée marchant à pas de ballerine, les bras en équilibre comme s'ils étaient soulevés par des rangs de crinolines et de volants, le corps déployé en position d'envol. Je crois que je me serais bel et bien envolée si je ne m'étais soudainement découverte, en pantalon et en chemise sur chemise, dans une pantomime qui risquait à tout moment d'être surprise.

La prudence est venue et j'ai appris à me métamorphoser à volonté, discrètement, sans risque, simplement pour le plaisir de t'entendre rire. C'était notre secret à nous deux.

Je ne le fais plus désormais que dans ma solitude de femme blanche, de Qallunaaq perdue dans les terres du Nord.

Sur la piste, juste avant le départ de l'avion, Noah m'a demandé :

— Qarinniik aullaqatiqalarpik?

Je lui ai répondu que non, que je n'amenais pas ma sœur avec moi. Mais entre nous les mots ne font pas écran, nous sommes liés par bien plus important que le babillage amoureux, et il a reconnu d'instinct ta présence : «Iiq! Takunna-taugnnuk.»

Alors, j'ai éteint mon regard pour qu'on ne te voie pas. De sorte que lorsque j'ai fait mon entrée au Quatre-Temps, personne n'a reconnu LaTommy ou Angèle dans la femme sombre, ramassée sur elle-même, que j'ai déplacée à pas lents vers la réception de l'hôtel. Il a fallu ElToro et sa voix retentissante pour qu'ils se tournent sur mon passage quand il m'a annoncée de l'autre bout du hall.

ElToro, je le vois ou je lui parle tous les trois ou quatre ans, quand il vient en reportage dans le Nord ou qu'il me téléphone pour une information ou une introduction auprès d'un responsable du Makivik. Je suis sa référence pour tout ce qui concerne les Inuits et le Grand Nord. Mais les autres, tous les autres qui étaient là et qui me regardaient comme si j'émergeais des profondeurs de leur conscience, je ne les avais pas vus depuis que j'avais quitté Norco.

LaPucelle peut me poursuivre de l'autorité de son regard, LeFion me tourner autour comme une bête affamée, et tous les autres me signifier leur détresse, il est trop tard pour les miracles. Il est trop tard, entendez-vous! Trop tard pour les regrets, trop tard pour la douleur, Angèle est morte. Il n'y a qu'en moi qu'elle revit et je ne vous la redonnerai pas, je ne la ferai pas apparaître dans mes yeux, dans mon sourire, pour l'illusion de cette belle grande famille.

Il est fini le temps où l'on pouvait me demander de me sacrifier pour le bien de la famille. Il est fini le temps où l'on pouvait me demander de convaincre Bibi, pauvre Bibi qui s'était prise d'amour pour un Boissonneault et qui voyait son ventre grossir, de la convaincre de se faire avorter par une faiseuse d'anges que les Grands lui avaient dénichée à Montréal. Je n'ai jamais pu accepter ce discours que je lui ai tenu sur le mélange inacceptable de chromosomes. Pauvre Bibi, pauvre fille, seule et isolée dans cette famille de mâles, pauvre fille à qui je n'ai jamais accordé qu'une attention distraite.

Il est fini le temps où l'on pouvait me demander n'importe quoi pourvu qu'on te laisse tranquille.

Je suis maintenant Carmelle Sakiagaq, femme de Noah, mère de Tamusi, de Joshua et de Timarq, et aucun de vos regards ne me forcera à ramener l'image vivante d'Angèle dans les corridors du Quatre-Temps.

Il y a des moments qui valent toute une vie. Je savais que je trouverais ce que je cherchais dans le premier regard qu'elles s'échangeraient. Dès que j'ai aperçu LaTommy, je me suis placé de façon à suivre son avancée dans la cohue du hall jusqu'à ce qu'elle soit dans le champ de vision de LaPucelle et, de la voix la plus forte que j'ai pu, j'ai annoncé : «Voilà LaTommy!» C'est alors, dans la fulgurance des regards qui se sont croisés, que j'ai obtenu la pièce qui manquait à mon puzzle. Mais personne n'a deviné ce qu'ElToro, Lucien de mon vrai nom, manigançait.

Il y a tellement longtemps que je sonde un gouffre sans fond... je me demande si je suis vraiment parvenu à la fin de ma quête.

Il m'a d'abord fallu découvrir qu'Angèle était morte dans l'accident à la mine. Je l'avais vue, comme tous les autres, monter dans l'auto d'Émilien après l'accident. Comme tous les autres, je l'avais vue, bien portante, presque souriante, sur la banquette arrière de l'auto, et puis je ne l'ai plus revue.

Étais-je déjà journaliste dans l'âme ou le suis-je devenu à force de traquer les silences et les regards dès que le fantôme d'Angèle vient hanter une conversation?

Je n'avais aucune raison de douter du départ d'Angèle, de l'image qu'elle nous avait laissée. Il était tout à fait raisonnable d'acquiescer à cette idée qu'elle allait étudier à Montréal. Elle aimait les études et elle avait toujours été attirée par le grand monde. Et puis, ça n'allait plus très fort pour elle à la maison.

C'est ce qui a été dit par la suite et répété de l'un à l'autre, avec insistance et conviction, qui a semé le doute en moi. Des informations aussi contradictoires que péremptoires qui nous arrivaient régulièrement et qui lui faisaient une vie incroyablement réussie, une vie digne des rêves de n'importe lequel d'entre nous, et qui la maintenait ailleurs, toujours plus loin, mais vivante. Elle avait étudié l'histoire, la philosophie, la sociologie et je ne sais quoi d'autre, à l'Université de Montréal, à McGill ou à Sir George Williams peu importe, l'important était que l'endroit soit prestigieux, et puis elle avait travaillé à Radio-Canada, à l'ONU, à l'Unesco, dans des missions diplomatiques, dans des ambassades, elle avait voyagé beaucoup, en Europe, en Asie, en Afrique, sa trace s'était perdue quelque part, mais moi, déjà, je ne croyais plus à cette errance, je savais qu'elle était morte.

113

Il m'a fallu des années de doutes et de tâtonnements pour en arriver à cette certitude.

Chaque fois que le métier m'a amené à interviewer un de ces grands fonctionnaires de l'ONU ou de l'Unesco, quelqu'un qui aurait pu croiser Angèle sur sa route, je m'organisais pour donner à l'entretien un tour qui me permettait, vers la fin, de glisser sur des considérations personnelles et de lui adresser ma question. Évidemment, il n'avait pas connu Angèle. La réponse n'avait rien pour m'étonner. Je cherchais simplement à me faire confirmer ce que j'avais depuis longtemps deviné.

Je savais qu'elle était morte, tout concourait à me le dire, et pourtant j'avais besoin du doute, j'avais besoin de penser qu'elle avait échappé à l'accident, échappé à notre conscience.

Pendant toutes ces années, en fait, je n'ai cessé de poursuivre l'image de la vieille Studebaker d'Émilien emportant Angèle loin de nous. L'image est forte même si elle est fausse. Elle ressemble à celle qui emportait Angèle chez les McDougall et qui nous brûlait de rage. Angèle ne nous reviendra pas cette fois-ci dans l'une de ses robes ridicules, elle est sortie de l'image, elle a fait la paix avec elle-même et nous a abandonnés à notre sort.

Sur cette dernière image où je la vois presque souriante, la tête bien droite, Angèle n'a pas un seul regard pour nous. Elle s'est installée sur la banquette arrière, ses effets ramassés autour d'elle dans des sacs de papier brun, et elle attend

qu'Émilien en finisse avec les derniers préparatifs. Il fait le tour de l'auto, sonde chaque pneu
d'un coup de pied, teste les amortisseurs en
pesant de tout son poids sur le capot, le soulève,
vérifie le niveau d'huile. Il a déjà eu une Ford et
une Rambler, mais sa Studebaker est son plus
grand orgueil.

Geronimo est sur le siège avant. Lui aussi
nous quitte pour toujours. Nous ne le verrons
plus qu'à la télé, interviewé sur les guerres qu'il
a suivies de son bistouri et qu'il commente d'une
voix froide.

Il n'est pas à son aise. Il fume cigarette sur
cigarette, tapote la portière de l'auto, dénoue et
renoue sa cravate, je ne l'ai jamais vu aussi nerveux.

C'est notre chef qui s'en va, notre mentor, l'âme
dirigeante de la famille. Si nous avons eu, parfois, des mouvements de révolte contre l'âpreté
de son autorité, nous n'avons jamais refusé son
ascendant. Ses brimades, ses remarques qui nous
humiliaient jusqu'au fond de la culotte, son œil
de chat, plus cinglant qu'un coup de fouet, et
les raclées de première qui nous étaient infligées
avec la précision foudroyante de l'éclair, tout cela
était, nous le savions, une façon de nous tremper
le caractère pour le combat que nous avions à
mener contre la vie. Même Angèle avait compris
cela.

Il doit partir, et vite, car on nous deman-
dera des comptes. Nous tous qui observons les
préparatifs du départ, nous savons qu'on nous

tiendra responsables de l'accident. J'ai treize ans à l'époque et j'ai une conscience très vive du danger qui nous menace. Ils viendront et il faudra jouer de finesse pour ne pas tomber sous l'accusation. Si ce n'est pas la police, ce seront des gens de la New Northern Consolidated ou les culs-terreux de Norco.

Les pires, ce sont eux, les culs-terreux, les quelques merdeux qui nous restent et qui croiront leur heure de gloire venue grâce à la catastrophe. Ils ont perdu leur dernier espoir dans l'accident. Ce sont de pauvres gens. Ils ont refusé de quitter leur maison de chiffon et leur vie de misère quand tout le monde désertait Norco. Malgré la pauvreté, malgré l'espoir qui s'amenuisait avec les années, ils se sont accrochés à la promesse de la terre de Caïn et ils ont attendu qu'un miracle vienne leur redonner leur mine et répandre la richesse à pleines mains.

Ne restent plus maintenant que neuf îlots habités sur la terre de Caïn. Les Boissonneault, les Larose, les Morin, les Desrosiers, je pourrais tous les nommer — nom, prénom, âge, couleur des cheveux et des yeux —, la vie à Norco était sans issue les uns contre les autres.

Ils ne nous pardonneront rien. Nos jeux, nos bravades, nos défis insensés, les feux d'herbe que nous amenions à la porte de leur maison, les ours que nous rendions fous de douleur et qui assiégeaient la ville, la gueule déchirée par un détonateur à dynamite, et toutes ces carcasses de chats à moitié décomposées que nous promenions en cortège dans les rues défoncées, l'impuissance de leur colère quand ils reconnaissaient leur chat empalé dans un de nos piquets. L'humiliation, la honte, la peur, ils ne nous pardonneront pas de les avoir assujettis à leur propre bêtise. Ils ne nous pardonneront pas, surtout, d'avoir brisé leur rêve.

Peut-être s'étaient-ils enracinés dans leur misère, peut-être n'entretenaient-ils ce rêve de prospérité retrouvée que pour réchauffer les os de leur misère, peut-être ce rêve n'était-il qu'une chimère entretenue sans espoir véritable, mais il était toute leur dignité et ils allaient se venger.

L'accident a eu lieu peu de temps avant qu'Émilien, Geronimo et Angèle ne s'installent dans la fausse image. La secousse, plus que le bruit, a sonné l'alerte. Rien n'a bougé mais nous avons tous senti le sursaut nerveux de la terre dans notre corps. Il y a eu trois explosions. Là-dessus, nous sommes tous d'accord. Une première, sourde et forte, suivie d'une deuxième, pétaradante, et finalement, la troisième, qui s'est engouffrée dans le grondement d'un fracas terrible.

Avant même la troisième explosion, nous étions tous dehors et nous avons couru vers la montagne, là où — nous le savions, nous l'espérions de toute notre âme — nous retrouverions la mine, notre mine, hors d'état de servir, à qui que ce soit et pour les siècles à venir.

Les culs-terreux, accourus du même souffle sur les lieux de la catastrophe, ont regardé avec nous la terre s'enfoncer dans la terre, la roche s'enfoncer dans la roche. L'explosion s'était attaquée au cœur de la mine, ouvrant une fosse qui avait englouti des masses gigantesques de roche. Ce que nous observions, c'était les derniers mouvements de déglutition des profondeurs souterraines. Il s'en dégageait un épais nuage de poussière et une odeur forte, prégnante, qui ne trompait pas sur l'origine de la catastrophe. L'odeur de la dynamite.

Ils étaient trop culs-terreux pour nous accuser ouvertement. Ils étaient arrivés en trombe sur la montagne et formaient avec nous un cercle autour du cratère laissé par la déflagration, mais au fur et à mesure que l'évidence de l'odeur de dynamite s'est imposée notre présence leur est devenue insupportable et ils ont opéré un mouvement de repli. Un à un, à pas mous, ils ont quitté nos rangs et se sont agglomérés en une masse haineuse près de la guérite de la mine. Ils y étaient tous. Les hommes, les femmes, les enfants. Et ils mâchonnaient le nom de Geronimo : «Où est Geronimo? Geronimo n'est pas là? Quelqu'un a vu Geronimo?»

Où était Geronimo? Derrière nous, dissimulé par l'écran de poussière ou caché dans un bâtiment, observant la scène depuis le début, occupé à effacer les traces d'explosion sur ses vêtements? Nous n'avons jamais su s'il venait d'arriver ou s'il avait toujours été là.

Il est sorti des rangs et leur a fait face. Superbement. Sans hésitation dans la voix et sans fléchir.

— Qu'est-ce que vous me voulez?

Dans la masse grouillante, il s'en est trouvé pour rouspéter : «Ne fais pas l'hypocrite. Tu le sais mieux que nous autres. Tu vas nous payer ça.» L'accusation était là, dans leurs yeux, dans le bêlement sourd de leurs voix, dans le poing qu'ils auraient voulu brandir contre nous et qu'ils tenaient coincé contre leur cuisse, incapables de nous affronter ouvertement.

Peu de temps après, Geronimo avait pris place dans la Studebaker d'Émilien et personne ne s'est préoccupé de savoir si, derrière, Angèle était bien Angèle.

C'était une journée d'été, de celles qui vous embrasent de la tête aux pieds et ne vous laissent aucune goutte de sueur à sécher au soleil. L'été à Norco était saharien jusqu'en août. Nous vivions dans un tourbillon de vapeur sèche sous un ciel vibrant de cruauté jusqu'à ce que, pris de pitié, il décide de crever son eau et nous écrase de pluies diluviennes pendant des semaines.

La veille, nous avions fêté Le Taon. Il avait eu ses onze ans et nous étions allés célébrer l'événement à la carrière, comme le voulait la tradition familiale. Une belle explosion, quoique un peu pâlotte à mon goût. J'aime qu'un dynamitage se déploie avec force, qu'il se soulève de terre comme une bête furieuse et crache la destruction tous azimuts. Celui du Taon, malheureusement, s'est étouffé avant de naître. Le sable, chauffé à blanc depuis des semaines, n'était plus que poussière. La charge de dynamite n'a pu en dégager

119

qu'un gros pet poudreux qui s'est évaporé en un cercle diffus. Décevant.

Les Grands étaient venus pour la fête. Ils arrivaient de Montréal, de Québec et même de Toronto, auréolés de la gloire de ces grandes villes. Personne n'avait encore gagné l'étranger. Émilien commençait tout juste à rêver de l'Australie. Il avait apporté un prospectus débordant de ciels bleus, de prairies moutonnées et de larges sourires indigènes. Ce dépliant était un défi lancé à chacun de nous, c'était la liberté de courir d'un continent à l'autre, c'était le monde au creux de notre main. Les Grands avaient tous de ces morceaux de bravoure dans leurs bagages.

La maison était pleine à craquer. On manquait de lits, de chaises, de temps, les heures étaient trop courtes pour le spectacle de la famille.

C'était des discussions à n'en plus finir. Les Grands apportaient des nouvelles de la grande ville, nous leur racontions nos dernières échauffourées, et ensemble nous faisions le tour du monde, avec arrêts obligés sur tout ce qui pouvait soulever notre indignation et permettre ces magnifiques envolées contre la bêtise humaine qui faisaient mes délices. Je crois que c'est dans ces conversations que j'ai pris goût au journalisme.

Dans la cuisine, au salon, sur la galerie et même à l'étage, c'était un feu roulant de voix entremêlées qui se nourrissaient à la même fureur de vivre. Nous voulions reconstruire le monde sur les bases d'un idéal qui n'appartenait qu'à nous seuls. Un monde tendu vers un accomplissement absolu, un monde d'une vérité sans compromission. «La vie, ce n'est pas une affaire de moumounes», disait Geronimo.

J'étais encore trop jeune pour joindre ma voix à la leur, mais j'acquiesçais à tout ce qui était dit et je ne voulais rien en perdre. J'allais du salon à la cuisine, de la cuisine à l'étude, je montais et descendais l'échelle de la cuisine ou j'empruntais un escalier extérieur, j'étais en mouvement continuel, à l'affût de la conversation la plus importante du moment.

C'est au salon que je me suis retrouvé le plus souvent, là où étaient Geronimo, LeGrandJaune et Fakir, nos plus fervents discoureurs, et là où était le divan à trois places qui, bien qu'affaissé et ouvert en plusieurs endroits, offrait le meilleur siège de la maison. Il n'y avait pas de batailles de divan, une trêve s'était installée, mais pour rire, pour les Grands qui en avaient gardé une nostalgie amusée, chacun de nous disait «Aheumplace», très distinctement et très consciencieusement, devait-il ne quitter qu'un coin de plancher poussiéreux.

Notre père est passé quelquefois au salon. Il ne restait pas longtemps. Toute cette jeunesse l'intimidait, je crois, et il retournait s'embrumer de rêve à la cave.

Je me souviens surtout de notre mère. Dans sa robe de nuit, pieds nus comme à son habitude, et son sourire de madone. Elle s'était épuisée à ses chaudrons pour nous offrir un de ses repas fabuleux et somnolait maintenant sur une chaise dans un coin du salon, l'heure de ses randonnées nocturnes étant depuis longtemps passée.

Ce rassemblement familial a été notre dernier. Le lendemain, il y a eu l'accident à la mine. Geronimo et Émilien sont partis, emportant avec eux la fausse image d'Angèle.

Quand il n'y a pas de cercueil, pas de funérailles, pas de mise en terre, il est difficile de se résoudre à l'inacceptable. Même lorsqu'elle devenue incontournable, j'ai refusé l'idée de la mort d'Angèle et je me suis accroché au doute qu'il pouvait y avoir derrière l'image à demi souriante de la Studebaker.

Et il a suffi d'un rien pour que je sois à jamais privé du réconfort du doute. Il a suffi de l'effleurement d'un sourire. Le sourire d'Angèle sur les lèvres de LaTommy.

C'était bien des années après cet après-midi de juillet. Nous n'étions plus que quelques-uns à nous fréquenter, la diaspora Cardinal était enclenchée. Émilien en Australie, Fakir à Vancouver, LeGrandJaune quelque part en Amérique latine, sans compter Geronimo, LeTaon, Matma et Toutank dont nous étions sans nouvelles depuis longtemps, personne ne songeait à s'étonner de la disparition de l'un ou de l'autre.

J'avais entrepris, pour ma part, une carrière de journaliste qui m'impressionnait passablement. J'étais à *La Presse*, un lieu sûr pour qui a des ambitions, et je tirais sur tout ce qui bougeait. J'étais jeune, ambitieux et, surtout, très seul.

Et c'est au hasard de mes longues promenades solitaires que j'ai découvert cette autre solitude, cette femme qui cherchait la lune dans les hauteurs vitrées des édifices, LaTommy, ma sœur.

Elle marchait à pas lents devant moi. La nuit était froide, glaciale même — nous étions en janvier, au plus cruel de l'hiver —, et cette femme se promenait dans les rues de Montréal, insouciante et nonchalante comme une baigneuse sur une plage.

Sans m'en rendre compte, je me suis mis à marcher dans son pas et c'est seulement à la hauteur de la rue Marie-Anne, quand elle s'est tournée vers moi — «Qu'est-ce que vous me voulez, au juste?» —, que j'ai su que je la suivais.

Il m'a fallu un peu de temps pour la reconnaître. Elle avait des rides profondes autour de la bouche, sa figure s'était élargie et, surtout, il y avait en elle une force d'un immobilisme troublant. Mais elle, LaTommy chercheuse de lune, elle m'a reconnu immédiatement : «ElToro...! C'est bien toi? Mais qu'est-ce que tu me veux, à la fin?»

Parler, c'est tout ce que je voulais. Parler d'elle, de moi, parler de tout et de rien, parler pour reprendre le fil de nos vies. Nous ne nous étions pas vus depuis que nous avions l'un et l'autre quitté Norco.

Nous sommes allés dans un bar, pas loin, et nous avons parlé pendant ce qui nous restait de nuit. Elle était attentive, à la fois souriante et sombre, et posait dans la conversation juste ce qu'il fallait pour que j'en sois le centre d'intérêt : moi et mon métier, moi et mes amours, moi et tout ce que je nourrissais d'espoir et d'amertume. Elle n'avait visiblement pas envie de parler d'elle, ni au présent ni au passé.

Je savais vaguement qu'elle était devenue infirmière dans le Nord et qu'elle s'était mariée à un Esquimau. «Un Inuit, a-t-elle précisé quand je suis parvenu à aborder le sujet. Esquimau, ça veut dire mangeur de viande crue, un nom qui nous a été donné par les Blancs et dont plus personne ne veut dans le Nord. Inuit, en inuktitut, signifie homme véritable, et c'est le mot qui nous désigne le mieux.»

Nous ? Je n'ai pas pu faire autrement que relever ce «nous» qui me soulevait le cœur, mais elle s'est retranchée derrière la fixité de son regard et je n'ai pas insisté.

J'ai quand même réussi à savoir qu'elle était en mission d'accompagnement, un jeune Inuit qu'elle escortait à l'hôpital, l'Hôtel-Dieu, je crois, «péritonite aiguë», a-t-elle expliqué, et qu'il lui tardait de retrouver la tranquillité de ce qu'elle appelait ses journées de lune.

— Je ne mâche pas la peau de phoque, mais je mange du mattaq et de la panirtitaq, j'utilise le ulu pour couper la viande, et j'ai trois garçons aux yeux bridés qui refusent de m'accompagner quand je descends dans le Sud. Alors, quand je marche dans votre nuit sans lune, je ne peux m'empêcher de penser à quel point je suis devenue Inuite. Mais, chez moi, à Kanjirsujuaq, je sais que je suis une Qallunaaq, une Blanche.

Tous ces «q» et «g» qu'elle allait chercher derrière la gorge me donnaient la nausée. Il faut dire que j'en étais à plus d'un whisky.

Et Angèle, l'as-tu oubliée? As-tu oublié Angèle depuis que tu te gaves de mattaq et de panirmachintaq? As-tu jeté par-dessus bord tout ton passé pour devenir l'épouse docile d'un Inuit?

J'aurais voulu la secouer, la forcer à m'ouvrir un autre pan de sa vie. Et nous, LaTommy, nous as-tu oubliés? As-tu oublié ce qui nous retient à Norco? Tout un bataillon de questions que je devais taire, car je savais bien que les yeux de braise qui me surveillaient derrière leur couvert de velours ne me permettraient pas d'aller au-delà de ce que notre conversation avait tacitement convenu depuis le début.

Et c'est après le cinquième ou le sixième whisky que Magnum est apparu dans le décor et que nous avons basculé dans notre schizophrénie familiale.

J'ai été surpris de le voir dans ce bar. Quand il m'arrive de le rencontrer, c'est toujours rue Saint-Jacques, près de la Bourse où il traficote sans jamais devenir riche puisque c'est moi qui paie l'addition au restaurant. Ce petit bar caverneux, tout en long et en courants d'air, où nous occupions, LaTommy et moi, une table minuscule dans un renfoncement du mur, était loin des bars chromés où il a ses habitudes.

Complètement bourré, à en juger par sa

démarche, il se dirigeait vers les toilettes quand une hésitation l'a retenu devant notre table.

— Hé! Mais c'est… c'est Angèle!

J'ai voulu lancer une blague pour effacer la méprise, mais, pendant ce très bref instant de flottement, j'ai eu la révélation qui m'attendait tout au long de ces années. Devant moi, comme une statue de pierre qui s'anime et prend figure humaine sous la baguette d'un magicien, j'ai vu le visage de LaTommy s'ouvrir, s'éclairer, ses traits devenir lisses, son regard s'illuminer, et, sur ses lèvres, j'ai vu la caresse de ce sourire, le doux sourire d'Angèle, qui nous a fait croire, pendant un moment, que le temps s'était arrêté, et qu'elle nous était redonnée. Un moment de grâce qui s'est dissipé dès que Magnum a fait un geste vers elle.

— Salut Ange…

Le regard de LaTommy s'est rembruni aussitôt, tous ses traits se sont durcis, elle est redevenue elle-même, ombrageuse, menaçante, une bête féroce tapie dans sa rage, et Magnum, comprenant soudainement la profonde ambiguïté de sa méprise, s'est écrasé dans la chaise où il avait trouvé appui. Dégrisé. Complètement.

Pendant un instant, je me suis demandé si LaTommy s'était véritablement transformée en Angèle sous nos yeux, si la douce Angèle ne s'était pas plutôt cachée durant toutes ces années sous les traits de Tommy la furie, ou si, en fin de compte, elles n'étaient pas interchangeables, l'une apparaissant au gré de l'autre, ou si, plus confondant encore, elles ne formaient pas une seule et même personne. Et pendant que mon esprit refusait d'avoir été illusionné, je me suis revu à Norco, jeune garçon, huit ans, neuf ans au plus, jeune freluquet sous l'emprise de la même hallucination et qui s'était fait menacer par les mêmes yeux de braise. Un souvenir qui n'avait jamais pris la peine de se rappeler à ma mémoire.

Car c'était bel et bien LaTommy que j'avais surprise alors dans cette robe à falbalas, toute en dentelles et en frivolités, une robe d'un bleu étourdissant qu'elle faisait danser autour de ses jambes. Elle tournait, tournait, les yeux fermés, les bras tendus vers le ciel, emportée par une rêverie qui lui donnait des ailes, jusqu'à ce que, sentant subitement une présence, elle ouvre les yeux et se bute à mon regard.

«Voilà encore L'Angèle qui perd les pédales dans une robe McDougall.» C'est exactement ce que j'avais pensé. Étrange comme je peux me rappeler, encore aujourd'hui et en des termes précis, ce que j'ai pensé, alors que je serais tout à fait incapable de me souvenir de ce qu'ont été mes paroles. Quelque chose d'acerbe et de cinglant, digne du meilleur Geronimo, je n'en doute pas, car les robes McDougall éveillaient en nous une rancune pugnace.

Magnum avait-il lui aussi surpris, un jour, LaTommy à danser dans une robe McDougall? Avait-il, en ce moment même où il lui faisait la conversation dans ce bar caverneux, la vision d'une petite fille cachée derrière la cabane à dynamite, à moins que ce ne soit dans le bois ou dans un bâtiment de la mine, une petite fille qui enlève précautionneusement ses vêtements de garçon et qui, après avoir jeté un œil autour, enfile une robe de princesse et se transforme en rêve?

Je l'observais pendant qu'il essayait d'entretenir une conversation normale avec LaTommy, affalé sur sa chaise, encore hébété par l'apparition d'Angèle, et je me demandais : avons-nous tous eu, chacun notre tour, l'occasion de découvrir que LaTommy pouvait se métamorphoser en Angèle?

Cette nuit-là est restée imprimée dans ma mémoire. Nous trois, à cette petite table d'un bar dont je n'ai jamais su le nom et que j'ai été incapable de retrouver par la suite comme s'il n'était apparu que pour l'irréalité de cette nuit, nous trois, Magnum, LaTommy et moi, nos trois solitudes réunies, trois îles flottantes, trois plaques tectoniques incapables d'un mouvement vers l'autre, chacun dans ses pensées, à la dérive.

Cette nuit-là, l'image à demi souriante de la Studebaker s'est brouillée à tout jamais. Je l'ai vue se profiler tout doucement sur la butte, devant la maison, flottant dans un écran déformé par la chaleur. Émilien s'est installé au volant, il a terminé l'inspection de l'auto. Geronimo, à ses côtés, soupire de soulagement. Et derrière, au milieu des sacs de papier brun, je vois la petite robe sage d'Angèle, je vois les cheveux lisses d'Angèle, je vois le doux sourire d'Angèle qui essaie de se poser sur des lèvres crispées, et je vois LaTommy, anéantie par la douleur. Elle est la seule en ce moment à savoir qu'Angèle est restée au fond de la mine.

Y en a-t-il encore parmi nous qui croient à cette image?

Depuis cette nuit-là, je suis ravagé par le besoin de découvrir ce que chacun sait de cette fameuse journée où LaTommy s'est substituée à Angèle.

Je n'ai rien pu tirer de Magnum. Chaque fois que j'ai essayé de le ramener à notre nuit dans le petit bar, il a fait celui qui avait tout oublié: «Quelle cuite, mon Dieu, quelle cuite!»

Une fois, j'ai rétorqué sans penser:

— Pour une cuite, c'en était toute une. Tu étais tellement saoul que tu as confondu LaTommy avec Angèle.

Il a eu des yeux ronds de surprise.

— Tu étais encore plus saoul que moi.

Et puis, sur un ton plus bas: «N'essaie pas de finasser avec moi.»

Le sujet a été clos définitivement. Nous ne sommes plus jamais revenus sur cette nuit où Angèle nous est apparue dans le bar fantôme.

Quant à LaTommy, si je la poursuis jusque dans sa retraite dans le Grand Nord, ce n'est pas que j'espère des révélations de sa part. Non, si j'use de prétextes journalistiques pour débarquer chez elle, c'est que je voudrais être là pendant cet instant d'inattention où le sourire d'Angèle se glissera sur ses lèvres.

Des révélations, en fait, je n'en ai eu aucune. Cette journée où nous avons perdu Angèle dans la mine est trop bien verrouillée dans nos mémoires pour qu'elle surgisse inopinément au détour d'une conversation.

Cette quête m'a toutefois permis de retracer chaque membre de la famille, là où il s'en est trouvé, peu importe que ce soit dans un bled perdu des Andes ou derrière les barricades tchétchènes, je les ai tous retracés, un à un, et j'ai entretenu avec chacun des relations assez souples et irrégulières pour que personne ne s'en inquiète.

Geronimo a été le plus difficile à dénicher. Fidèle à lui-même, il n'est associé à aucune organisation humanitaire, et finance sa carrière de chirurgien de guerre par des dons provenant de riches et grandes âmes anonymes qui lui déposent de grosses sommes dans un compte en Suisse. C'est ce que j'ai finalement réussi à apprendre après avoir fait le tour de tout ce qu'il y a d'organismes humanitaires sur cette terre. La première fois que je l'ai eu au téléphone, il a été d'une froideur de scalpel. Il était en Afghanistan.

Émilien, par contre, je l'ai rejoint assez facilement. Ma lettre a fait quatre ou cinq villes australiennes avant de se rendre à Kalgoorlie, là où il s'est refait une vie. Nous entretenons depuis une correspondance plus ou moins régulière, que je qualifierais d'anodine, presque insignifiante, mais agréable. Ce qui m'a permis un jour d'amener l'image de la Studebaker sous couvert de banalités. «As-tu encore la même passion pour les autos?» lui ai-je demandé. Et pendant un an, nous avons échangé sur les mérites respectifs des autos américaines et japonaises. «Te souviens-tu de ta vieille Studebaker qui toussait comme une enragée dans les côtes?» À cela, il m'a répondu qu'il avait eu trop de tas de ferraille dans sa vie pour se rappeler de chacun. Dans ma lettre suivante, je lui ai dit que moi, au contraire, j'en avais gardé un souvenir impérissable : «C'est dans ta vieille Studebaker que j'ai vu Geronimo et Angèle pour la dernière fois. À moins que, corrige-moi si je me trompe, ça n'ait été LaTommy. Elles se ressemblaient tellement.» La réponse a pris des mois et avait un tout autre ton : «Cette journée-là, tout a été fait pour le pire et pour le mieux, et tu sais très bien qui était avec nous dans l'auto. Pourquoi vouloir me le faire dire?»

Que ce soit avec Yahou, avec LeGrandJaune ou avec les Titis qui étaient pourtant très jeunes quand a eu lieu l'accident, c'est toujours la même chose. Dès que je réussis à faire intervenir l'image de la Studebaker, il y a un mur de béton qui se dresse et qui me renvoie à mes questions.

LaPucelle est la plus intraitable. Pas moyen de faire la moindre allusion au passé sans qu'elle se mette à bramer qu'il n'y a plus rien à Norco qu'une vieille maison ouverte à tous les vents et que nous devrions laisser les souvenirs se chamailler entre eux. «La nostalgie est une maladie de l'âme.» Je ne crois pas un mot de ce qu'elle dit. Il n'y a qu'à la voir pour comprendre à quel point elle est restée attachée à la famille. La nôtre, pas la sienne, les siennes, devrais-je dire, puisqu'elle a eu deux ou trois maris, plusieurs enfants, et qu'ils l'ont tous quittée quand ils ont compris que son cœur était trop lourd pour l'amour.

Elle habite une petite chambre misérable au-dessus des cuisines de l'hôtel Caouette, à Val-d'Or. Seule, le cœur gangrené, et le sentiment que le monde va s'écrouler si elle baisse la garde.

Son œil de pythie a tôt fait de repérer l'image d'Angèle. J'ai expérimenté différentes approches, mais chaque fois que la conversation vient frôler d'un peu trop près une ombre familière, je la vois qui se cabre, tous ses sens en alerte, l'œil en furie, et elle explose alors soudainement contre son patron, contre ses enfants qui lui extorquent de l'argent, contre tout ce qui pourrait nous détourner de l'image d'Angèle, et moi, j'attends, car parfois, après la tempête, il y a des pleurs, et dans la déchirure des pleurs, des paroles qui me font comprendre les lourdes responsabilités qui ont été les siennes.

LaPucelle a obligé LaTommy à prendre place à l'arrière de la Studebaker cette journée-là. Je le sais aussi sûrement que si elle me l'avait dit. Et j'en ai eu confirmation quand leurs regards se sont croisés dans le hall du Quatre-Temps.

Ils croient que j'ai toujours rêvé de l'Australie. La vérité, c'est que je n'en peux plus de cette famille.

L'Australie, c'était une façon de leur décrocher la lune. J'étais l'aîné, presque leur père puisque le nôtre s'était fait vampiriser par la roche, et je me sentais tellement en dessous de la situation. Je n'avais pas l'intelligence de Geronimo, je n'avais rien pour les impressionner à part mon droit d'aînesse. L'Australie, c'était parfait. Ce n'était pas les civilisations corsetées d'Europe, ce n'était pas le lit dormant d'une société primitive, ce n'était pas non plus nos cousins étasuniens, c'était tellement vaste et tellement étrange, un espace intergalactique échappé en plein océan Indien, qu'on ne pouvait en rêver sans que le cœur veuille éclater d'appréhension et de joie mêlées.

À Norco, le rêve était palpable. Quand j'arrivais à la maison, je pouvais voir l'air que déplaçait mon personnage de grand découvreur de continents.

Je ne croyais pas devoir m'exécuter un jour. L'Australie, c'était un leurre, une illusion, un mirage dans la désolation de Norco et j'ai plongé dans la mer aux illusions. Le 17 août 1965, j'ai pris mon billet d'avion et, deux semaines plus tard, je m'envolais pour Sydney. Devant moi, le continent au cœur rouge, sa Grande Barrière de corail, ses plages de surfers, sa jeunesse dorée, son sourire bon enfant. Derrière, une douleur dont je ne voulais plus, je décrochais de la famille.

J'ai parcouru l'Australie en tous sens à la recherche d'un endroit où refaire ma vie, mais, partout où j'ai été tenté de m'arrêter, des visages familiers venaient m'arracher à la douceur des lieux et me remettaient sur la route. Quand on est Cardinal, on ne peut pas s'abandonner à la beauté d'un bruissement de palmier sur un soleil couchant, il nous faut un cadre dur et austère contre lequel s'écorcher et maudire ceux qui l'ont plus facile. J'ai renoncé aux vertes collines de Tasmanie, j'ai fui les plages et tout ce qui m'avait attiré en Australie, et je me suis enfoncé vers l'intérieur, là où m'attendait le désert le plus inhospitalier du monde. Pendant cinq ans, je me suis saccagé le cœur à vouloir oublier. J'étais un de ces stockmen qui vont d'une ferme d'élevage à l'autre, véritable armada du désert, toujours en mouvement et assoiffés de plaisirs vifs et pénétrants qui m'ont conduit à Kalgoorlie.

Ce ne sont pas les filles de Hay Street qui m'ont retenu à Kalgoorlie, mais l'impression de revenir chez moi après de multiples et inutiles détours.

Les villes minières, où qu'elles soient dans le monde, et probablement à cause du gouffre qu'elles côtoient, vibrent toutes d'un même sentiment d'urgence. Kalgoorlie, à l'époque, vivait sur les traces d'un passé glorieux qui, dans la bousculade du Gold Rush du siècle dernier, y avait laissé de magnifiques édifices à colonnades et le bourdonnement d'une seule mine, la Mount Charlotte. À la fois vénérable et canaille, cette ville avait un petit air de désespoir vieillot qui pouvait séduire et qui lui a valu, par la suite, une carrière touristique, mais c'est tout autour, à Norseman, à Kanowna, à Broad Arrow, à Leonora, à Laverton, c'est dans ces corons fragiles qu'on pouvait vraiment sentir la peur du vide et le goût d'y plonger, autant de villes fantômes ou en passe de le devenir qui entouraient Kalgoorlie, autant de Norco qui venaient me rejoindre dans mon exil et qui m'ont fait comprendre l'inutilité de ma fuite : où que j'aille de par le monde, il y aurait toujours le visage torturé de LaTommy pour me ramener à la douleur.

Le visage de LaTommy est traversé d'un appel lancinant qui ne cesse de me dire tout le mal dont nous sommes coupables, moi comme les autres. Il est blanc d'épouvante, noir d'instinct vengeur, il est criant de douleur et il réduit en cendres les plaisirs que j'essaie d'arracher à la vie. Je ne peux pas lui échapper. Où que j'aille, je sais que LaTommy est là qui m'attend, au fond de ma vieille Studebaker, et que, de toute la force de son âme, elle criera : «Pourquoi n'as-tu pas empêché cela?»

C'est le cri de ma conscience. En réalité, elle n'a pas dit un mot avant que nous n'arrivions au pont couvert. Écrasée sur la banquette arrière, au milieu de tous ces sacs de papier qui contenaient son bagage, nous l'avions presque oubliée, Geronimo et moi, tellement nous étions préoccupés par l'accident. C'est LaPucelle qui nous l'avait imposée.

— Angèle s'en va avec vous.

— Comment ça, Angèle vient avec nous?

— Angèle s'en va à Montréal avec vous, que je te dis.

L'air grésillait de chaleur, c'était une de ces journées chaudes et sèches comme j'ai appris à les aimer.

Je n'ai pas prêté attention aux explications que m'a marmonnées LaPucelle, «ses études… les McDougall… collège international», le temps nous était compté. L'accident venait tout juste de se produire et les culs-terreux n'allaient pas manquer d'alerter la police.

Elle s'est glissée dans l'auto sans que je la voie vraiment. Aurais-je deviné, aurais-je compris la cruauté du subterfuge si je lui avais jeté ne serait-ce que l'ombre d'un regard? Elles se ressemblaient tellement. Et pourtant, elles étaient si différentes. LaTommy, notre garçon manqué, et Angèle, L'Adoptée, comme ils l'appelaient depuis qu'elle avait mordu au leurre des McDougall.

Elles avaient le même petit visage de fouine, le menton effacé, les pommettes saillantes, le front étroit et l'œil charbonné de cils épais, mais il suffisait d'un regard pour comprendre qu'elles ne se nourrissaient pas des mêmes rêves.

Je n'étais préoccupé à ce moment-là que par l'état de mon radiateur. Nous avions cinq cents milles à faire sous un soleil d'apocalypse et je me demandais s'il allait tenir le coup. J'avais vu Geronimo jeter un œil inquiet sur l'indicateur de température.

— Tu l'as fait réparer?

— Qu'est-ce que tu crois? Je l'ai fait moi-même. Il n'y a pas un mécanicien qui va toucher à mon auto.

— Tu es sûr de ta soudure? À voir le cadran, on croirait qu'il y a un geyser dans ton radiateur.

— Si ça peut te rassurer, j'ai une boîte de poivre dans mon coffre à outils.

— Du poivre? Je ne connaissais pas ce truc-là.

— Ça marche, je l'ai déjà essayé et ça marche. Suffit pas de quelques grains, c'est sûr. On ne poivre pas son radiateur comme son steak. Mais, avec une boîte de poivre, un gars est bon pour un bout.

D'une certaine façon, j'étais content que mon vieux radiateur nous permette d'entretenir un semblant de conversation. Nous ne tenions, ni l'un ni l'autre, à parler de ce qui nous préoccupait vraiment.

C'est au tournant de la route, là où elle s'engage dans une légère remontée avant le pont couvert, que nous avons pris conscience de sa présence. Nous avons entendu un froissement de papier, les sacs qu'elle déplaçait sans doute, et puis, oh! cette voix, une voix qui n'était ni celle de LaTommy ni d'Angèle, une voix profonde, caverneuse, une voix extirpée de la douleur, projetée avec force, la voix qui dans mes rêves vient me reprocher de ne pas avoir empêché le drame.

Elle a crié : «Arrête!»

J'ai appliqué les freins comme si ma vie en dépendait.

Elle a encore crié : «Arrête! Je descends ici», et déjà je savais que ce n'était pas Angèle qui pouvait avoir cette autorité, mais LaTommy. J'ai eu le sentiment d'être aspiré dans un gouffre. J'ai garé l'auto au bas de la pente avec des gestes lents et précautionneux, retardant le moment où j'aurais à faire face à celle qui se tenait sur la banquette arrière.

Geronimo avait le corps tordu vers l'arrière de l'auto, immobile, ravagé, supplicié, la stupéfaction et l'horreur se lisant tour à tour dans ses yeux, et LaTommy, car je ne pouvais plus en douter, c'était bien elle dans la robe d'Angèle, LaTommy le tenait sous la puissance de son regard, noir, dévorant, elle lui donnait à voir toute sa douleur, et, pendant qu'elle sortait d'un sac le pantalon et la chemise, les vêtements qui mettaient fin à l'équivoque, elle n'a pas quitté Geronimo du regard pour lui dire ce que je commençais moi-même à comprendre, et cela, sans qu'un mot sorte de sa bouche : «Regarde-moi.

Regarde mes vêtements. Vois ce que tu as fait. Angèle est morte dans la mine. Tu as tué Angèle.»

Geronimo niait de tout son être. «Non, non, non...», il refusait, il se battait, il suppliait, «Noooon!» mais je voyais bien qu'il avait accepté la responsabilité de la mort d'Angèle.

Dans mes pires cauchemars, c'est Angèle qui se dresse et m'accuse, moi, LePatriarche, l'aîné, de l'avoir abandonnée à son sort. Elle est immense, sa présence se répand partout, pas un seul interstice qui n'en soit rempli, et moi, misérable petit insecte, je cherche un endroit où fuir et je me réveille sans voix, avec une fille moite à mes côtés qui menace de me tordre la queue si je n'arrête pas de gueuler. Mais le plus souvent, c'est LaTommy qui m'apparaît sur la banquette arrière. Elle porte cette robe qu'elle avait alors, une robe toute simple, une cotonnade fleurie à col chemisier, la robe qu'Angèle réservait aux dimanches, et elle pointe son regard dans mon âme. Je suis au pire des supplices. Ce rêve, je le connais, il me poursuit sans relâche, je sais qu'il ne desserrera son emprise que lorsqu'il aura brisé ma résistance et que, épuisé et à bout de souffle, je me serai vu, fuyant le cadavre qu'il me donne à voir dans les décombres de la mine, fuyant tous ces bras levés vers moi et qui implorent mon aide, fuyant le jeune homme que j'étais, et quand le cauchemar en arrive à ce point, je sais que je verrai LaTommy, triomphante de douleur au fond de l'auto, extirpant d'un des sacs un bruissement de dentelles et de soie et que, sans me quitter du regard, elle brandira une des robes McDougall : « Pourquoi n'as-tu pas empêché cela ? »

Je n'en peux plus de cette famille.

À Kalgoorlie, je me suis installé au Nullabor Guest House, en espérant que les filles et l'alcool finissent par avoir raison de moi. Dans mes lettres, car ils ont fini par retrouver ma trace, je leur dis que je fais de la prospection dans le coin. La région, le Goldfield comme on l'appelle, a beau avoir été retournée dans tous les sens, il y a encore des fortunes qui se font sur un coup de chance. Il n'y a pas si longtemps, nous avons eu un nouveau rush dans les terrils du Golden Mile. Pourquoi ne serais-je pas l'un de ces touristes-prospecteurs qui tombent sur une pépite après une grosse pluie ? Je leur ai dit aussi que j'avais eu un vignoble dans la Swan Valley, des voiliers de location à Freo, qu'est-ce que je ne leur dirais pas pour qu'ils me croient attaché à l'exil par les liens sacrés de la prospérité.

LePère serait bien déçu s'il apprenait que je suis devenu ce qu'il méprise le plus. Un joueur. Lui qui s'est toujours méfié de la chance, qui le lui a bien rendu d'ailleurs puisqu'il a toute sa vie prospecté à côté de la chance, exception faite du massif de zinc de Norco, il n'aimerait pas savoir qu'un de ses fils traite avec des bookmakers. « Pouah ! Des hommes qui n'ont que l'argent en tête. »

Les derbys, c'est du sérieux. Il y a aussi le

blackjack, le poker, la roulette et les paris qu'on lance à tout un chacun à la fin d'une nuit amère. Mais ce que j'aime vraiment, c'est le two-up. Une version australienne du pile ou face, légèrement plus codifiée que ce qu'on en connaît ailleurs et qui se complique du fait qu'il faut un arbitre, le ringer, et un lanceur, celui qui tient les deux pièces de monnaie sur une planchette, ainsi qu'une dizaine d'hommes, parfois plus, parfois moins, prêts à parier sur la façon dont les pièces tomberont sur le sol. Ce que j'aime, ce sont ces quelques minutes pendant lesquelles le ringer prend les enjeux et qui sont pour moi un pur délice de souffrance et de jouissance entremêlées car, pendant ces quelques minutes, je suis hors de moi, je suis dans un état de concentration frénétique, tendu à l'extrême, absorbé par les deux pièces sur la planchette, et j'attends qu'elles me parlent : pile ou face ?

J'attends ce frémissement des paupières qui me dira que les pièces s'apprêtent à tomber pile. Un léger tremblement, à peine un frisson, tout juste un resserrement de la peau, un battement d'aile de papillon sous la paupière, et je sais que les deux pièces tomberont pile, peu importent l'impulsion que leur donnera le lanceur et les virevoltes qu'elles exécuteront dans l'air. Un moment d'une fulgurante intensité qui vaut bien plus que les sommes qu'il me permet de gagner.

Et si le petit miracle ne se produit pas, si je ne sens rien sous ma paupière, il me faut comprendre alors que la volonté des pièces est de montrer leur face royale, leur côté brillant, celui qui est frappé à l'effigie de la reine d'Angleterre, qui est aussi leur reine, ou qu'elles sont indécises et tomberont n'importe comment. Auquel cas je mise une somme minime pour ne pas me désolidariser et, surtout, pour ne pas éveiller les soupçons. Le jeu est affaire sérieuse dans ce pays, et le two-up réputé pour ne pas donner prise à la tricherie, une autre de leurs fiertés nationales. On le pratique même au chic Burswood Casino de Perth.

Il y a bien longtemps que j'ai découvert que les pièces ont leur propre volonté. Peut-être en est-il ainsi de tous les objets et qu'il suffit de se mettre à leur écoute pour qu'ils nous signifient leur désir. La chance ne résulterait plus alors de la loi capricieuse du hasard, mais viendrait d'un état de réceptivité totale face à l'objet de notre convoitise. J'ai bien tenté de vérifier cette hypothèse à la roulette et à d'autres jeux, mais soit que le mécanisme était truqué ou qu'il était trop compliqué, je n'ai jamais réussi à percevoir leur message.

La première fois, j'ai cru à une hallucination, j'ai cru que c'était LePère qui me parlait. Un two-up s'était improvisé dans un pub, je ne me souviens plus lequel, et naturellement j'étais parmi les joueurs. J'espérais un gain de quelques dizaines de dollars, pas davantage, l'esprit du jeu était sans conviction, et les mises plutôt timorées.

Je m'apprêtais à lancer la mienne quand un jeune digger m'a apostrophé :

— Hé, toi, le Canadien, tu ne peux pas faire mieux que ça?

C'était un de ces jeunes prospecteurs arrogants qui traînaient en ville. La veille, je lui avais soufflé une fille.

— Peux-tu faire mieux que ça? que j'ai rétorqué aussitôt en lui montrant un billet de cent.

J'étais ravi. Enfin un peu d'action.

Il a sorti un billet, j'en ai sorti un autre, l'enjeu a grimpé à quatre cents dollars et c'est alors, dans la montée des enchères, que j'ai senti la présence des pièces. Ce n'était encore qu'un picotement, une légère fibrillation sous la paupière, et pourtant je savais déjà que je devais mettre tous mes sens en alerte pour que rien ne m'échappe de ce qui allait survenir. Je revoyais LePère quand il m'avait dit : «C'est comme une chatouille, et puis l'œil se met à papilloter comme c'est pas possible.» Il me racontait comment il avait décidé de creuser une tranchée sur le lot 7 de ce qui n'était encore qu'un canton destiné à la colonisation. «Une tranchée de deux pieds par vingt sur une profondeur de deux pieds. C'était vraiment beau à voir. Une belle roche scintillante de noir et de gris. De la sphalérite à son meilleur. Je savais que je tenais là quelque chose d'important.»

Alors, moi qui jusqu'à ce jour avais pris ces chatouilles pour une lubie de poète-prospecteur, j'ai su qu'il fallait leur faire confiance. J'ai concentré mon énergie sur les deux pièces et quand j'ai eu sous la paupière le frisson annonciateur du papillotement, j'ai sorti ce qui me restait dans les poches.

— Cent quatre-vingts de plus et c'est moi qui parle.

Et sans penser à quoi que ce soit, j'ai annoncé :

— Kangourou.

Je savais que les pièces allaient tomber sur le côté pile, le côté kangourou.

LePère avait mis au jour le gigantesque massif de zinc qui allait donner vie à Norcoville et moi, ce soir-là, j'ai raflé la mise, quelques centaines de dollars, tout au plus, mais qui m'avaient convaincu de ma chance au two-up.

Pourquoi LePère n'en a-t-il pas fait autant? Pourquoi n'a-t-il pas prospecté au petit bonheur, se contentant de se promener dans les bois, tout au plaisir du gazouillis des oiseaux et de la fraîcheur de la brise, en attendant de recevoir le signe d'une minéralisation importante qui lui soulèverait la paupière? Au lieu de quoi il s'est entêté à quadriller ses claims avec un acharnement de fourmi, comptant ses pas pour mesurer la distance parcourue, notant dans son calepin l'orientation des cours d'eau et la déclivité du terrain, inspectant les racines des arrachis, scrutant les rives des ruisseaux, attentif au moindre indice pouvant le conduire à un affleurement ou à une pointe rocheuse qu'il auscultait minutieusement avant d'en dégager quelques échantillons au ciseau à froid, précieuse manne qu'il rapportait de ses tournées et qui occupait ses soirées.

«Il ne faut pas compter sur la chance. C'est

une femme frivole qui va de l'un à l'autre sans se découvrir vraiment. »

Il faisait de la prospection scientifique, qu'il disait. Il avait appris dans un livre, *Le Manuel du prospecteur*, un petit livre relié en toile cirée dont le rouge violacé se striait de longues craquelures brunies par la sueur et la poussière. Une vieille édition qui annonçait, avec un enthousiasme mesuré, le magnétomètre et quelques autres appareils de détection magnétique et électrique qui le laissaient perplexe. C'était sa bible, son missel, il l'emportait partout où il allait et le consultait parfois même à table quand un doute le prenait et qu'il avait besoin de conforter ses pensées.

C'était un homme d'étude plus qu'un coureur des bois. Moi qui l'accompagnais parfois dans ses tournées, je ne l'ai jamais vu se laisser distraire par un chant d'oiseau ou une échappée de soleil dans la feuillée. Il avait en tête un concept géologique qui ne lui laissait aucun répit. C'était un batholite, un dyke de diabase ou quelque autre formation rocheuse des temps anciens qu'il avait devinée sur les cartes et qu'il poursuivait inlassablement parmi les indices que lui donnait le terrain. Il cherchait du plomb, du zinc, du cuivre, du nickel, mais pas de l'or, il n'aimait pas l'or.

« Trop capricieux, trop fantasque. Tu penses avoir trouvé un filon et c'est une veinule qui se disperse en filaments minces comme des cheveux dans la roche et, pouf! elle disparaît pour de bon. »

Ce qu'il préférait, c'était les blocs erratiques, ces blocs arrachés à un massif rocheux par les glaciers et que nous pouvions rencontrer, au hasard de nos pas, sans que rien n'en laisse soupçonner la présence, et qui nous apparaissaient brusquement, un à un, espacés de plusieurs centaines de pieds, et qu'il fallait suivre à la trace comme le Petit Poucet. Il les aimait, je crois, parce qu'il lui fallait alors refaire complètement un autre concept géologique, imaginer la trajectoire du glacier, imaginer ces gros cailloux transportés il y a cent mille ans sous le géant de glace, et, surtout, imaginer l'énorme massif qui l'attendait au loin, la roche mère, la roche qui avait été décapée et râpée par le glacier, violée et abandonnée, et qui allait lui livrer ses secrets. Et moi, j'aimais l'entendre me raconter tout cela.

Lui, si taciturne à la maison, devenait très loquace en forêt. Il parlait d'abondance de sa quête, de ses difficultés, de ses inquiétudes, le pire de ses tourments étant son incapacité à discuter convenablement d'argent quand venait le moment de vendre ses droits sur un terrain qu'il avait mis en valeur.

«Un terrain que t'as marché, gratté, examiné à la loupe, un terrain que t'as interrogé jusque dans tes rêves la nuit et qui vient se révéler à toi, seulement à toi, ça n'a pas de prix. Et pourtant, il faut vendre.»

Je recueillais ces confidences avec le sentiment d'avoir un privilège inouï. J'avais une douzaine d'années quand il m'a pris avec lui dans ses tournées. Je l'aurais suivi au bout du monde. Notre père était pour nous tous un héros, un homme qui, à l'instar de Christophe Colomb et de Jacques Cartier, avait mis un nouveau monde au jour.

Norco était alors au sommet de sa gloire. La mine produisait à pleine capacité, le zinc se vendait seize cents la livre, l'argent coulait à flots, les hôtels et les restaurants résonnaient de rires et d'éclats de bagarres, il y avait foule au cinéma et dans les écoles, et nous, à la maison, dans l'immense capharnaüm qui nous servait de forteresse, nous regardions passer la prospérité. Du plus petit au plus grand, et Dieu sait que ça pullulait dans cette maison, nous avions tous, profondément enracinée dans notre conscience, la conviction que notre père était un héros puisqu'il avait découvert la mine et donné naissance à cette ville.

L'avait-on vraiment volé? Déjà à cette époque, moi qui étais pourtant l'aîné et qui, à ce titre, aurais dû être au premier rang de la guerre de détestation qui couvait dans notre capharnaüm, je laissais aux autres le soin d'entretenir la haine.

À Norco, Albert Cardinal était reconnu comme le découvreur de la mine mais, quand le sujet était abordé, c'était pour aussitôt le plaindre. Pauvre Cardinal! Pauvre fou! J'ai entendu je ne sais combien de fois ce genre de remarques avant de comprendre qu'on parlait véritablement ainsi de notre père. Il m'a fallu encore plus de temps pour comprendre qu'on ne s'apitoyait pas sur la pauvreté de notre père, ni sur l'incroyable maison qu'il avait déménagée de Perron, ni sur tout ce grouillement d'enfants qui y nichait, mais qu'on le plaignait à cause de son incapacité à profiter de sa chance. Pauvre Cardinal! Même pas capable de devenir riche avec pareille découverte!

Et moi, comme notre père, je laissais dire car je savais que nous allions devenir immensément riches. Il m'avait confié les détails de l'affaire un soir sous la tente. Nous avions passé la journée à courir derrière une coulée de rhyolite qui ne nous avait menés à rien et la soirée s'annonçait morose. Petit crachin mesquin, ciel bas et sans lune, le mauvais temps et les maringouins nous avaient repoussés dans l'exiguïté humide de notre tente. Dehors, notre feu mourait doucement.

Je n'ai jamais aimé la perspective de m'endormir sous la tente sans la présence d'un feu bien nourri qui veille toute la nuit et nous attend au matin sous un couvert de cendres chaudes.

J'ai dû avoir un mouvement d'humeur, car LePère, qui étudiait ses cartes à la lumière du fanal, a relevé la tête vers moi :

— Il y a quelque chose qui ne va pas?

J'ai grogné quelque chose au sujet de la pluie et de la longue marche de la journée, et il a eu un petit sourire.

— Aimerais-tu savoir comment on va devenir riches?

Et c'est alors, pour me consoler et me redonner confiance, comme on fredonne une berceuse à l'enfant effrayé par la nuit, qu'il m'a raconté les négociations qu'il avait eues avec la Northern Consolidated.

Ils lui avaient offert cinquante mille dollars : «Ils ont mis dix mille sur la table et m'ont dit que quarante autres mille m'attendaient à la banque le lendemain matin si je signais le soir même.»

Dans l'intimité de notre tente, il m'était difficile, autant qu'aujourd'hui d'ailleurs, d'imaginer cet homme timide et précautionneux, seul devant trois requins aux dents acérées, et tout cet argent déployé sur une table comme une menace. «Tout cet argent et leur empressement à conclure m'ont mis en furie. Le forage venait de révéler une teneur de 3,2 % de zinc et de 1,1 once d'argent. Ce n'était pas si mal. Mais moi, je savais qu'il y avait beaucoup plus que ça.»

— Tu avais tes propres analyses ?

Je n'avais que douze ans, mais les conversations avec LePère m'en avaient assez appris pour que je m'étonne qu'un prospecteur indépendant puisse avoir les moyens de se payer une campagne de forage au diamant.

— Non, mais je savais…

Il a fait une longue pause, accroché au souvenir de ces trois hommes qu'il allait embrocher. Peut-être pensait-il plutôt à la tranchée qu'il avait creusée au flanc de la montagne et qui lui avait révélé ces belles traînées blanches qui plongeaient dans les profondeurs du roc. Les silences de notre père étaient riches de pensées glorieuses.

— Je savais ce que valait ce gisement.

Il avait exigé cinq mille dollars et trois cent mille actions de la Northern Consolidated.

— Trois cent mille actions qui, quelques semaines plus tard, valaient une piastre chacune, et deux mois plus tard, cinq piastres et vingt, tu imagines?

Les sondages avaient révélé des teneurs fabuleuses et un gisement aux proportions gigantesques de sorte que nous allions devenir riches, immensément riches, incommensurablement riches, le jour où, «si on savait attendre», notre père allait vendre ses actions.

Il a tellement su attendre qu'elles ne valaient plus que des poussières quand le prix du zinc a chuté dans les bas-fonds de la haute finance et que la Northern Consolidated s'en est allée faire des millions ailleurs.

J'avais calculé. À cinq dollars vingt l'action, nous étions une fois et demie millionnaires : nous pouvions repeindre la maison, l'entourer de pelouse, chacun de nous avait sa bicyclette, sa canne à pêche et un habit neuf, et dans la cave, à côté du cent livres de patates, il y avait une provision inépuisable de chips, de tablettes de chocolat et de Kik aux fraises. Quand le cours de nos actions a grimpé à six dollars cinquante, nous avions déjà un bain-douche aux quatre coins de la maison et une télé dans chaque pièce. Nous pouvions dès lors songer à une piscine creusée, deux fois grande comme l'église, bleue comme un ciel de carte postale, et qui, à l'hiver, se transformerait en patinoire, couverte d'un dôme translucide sur lequel glisseraient la neige et les regards de Norco. À huit dollars l'action, mon imagination avait épuisé tout ce dont il était possible de rêver.

Des millions nous attendaient. Peu m'importaient les sourires amusés et l'extrême pauvreté de notre vie, puisqu'il suffisait qu'arrive «le bon moment», et tout cet argent se déverserait à torrents.

Cet espoir insensé a fait de moi un garçon rêveur et isolé dans la tourmente qui agitait la maison. Les hostilités contre les culs-terreux avaient déjà commencé à l'époque. Ce n'était encore que des escarmouches sans importance, batailles rangées dans la cour de l'école, combats de boules de neige et autres fanfaronnades de jeunes guerriers désœuvrés, mais à la maison, au cœur de notre forteresse, il y avait une rage sourde contre laquelle je ne pouvais rien.

On en voulait à tous ceux qui avaient pris possession de la mine. Que ce soit la Northern Consolidated, lointaine et fantomatique dans ses bureaux à Toronto, ou ces pauvres mineurs, nos voisins, à peine plus argentés que nous, et les autres, petits commerçants, petits employés, qui n'avaient jamais mis les pieds à la mine mais en tiraient profit, ils étaient tous dûment et férocement honnis.

Et moi, l'aîné, je ne pouvais pas mener les troupes au combat, car j'attendais le déferlement des millions.

En l'absence d'un véritable chef, il s'est formé un triumvirat des voix les plus vives et les plus fortes, celles de Mustang, de Yahou et de Fakir. Ce sont eux qui, pendant toutes ces années de prospérité, ont entretenu le grondement sourd et haineux de notre capharnaüm. Quand la mine a fermé et que le désespoir s'est emparé de Norco, ils avaient déjà quitté la maison, tout comme moi d'ailleurs qui faisais alors du taxi à Montréal, et c'est Geronimo qui a pris la tête de la guerre de dévastation qui allait faire des Cardinal les princes d'un royaume qui n'existait plus.

De sorte que je n'ai été que le chef honoraire de cette famille, le vrai pouvoir se prenant à l'arraché, et il y avait dans l'arène des plus violents et agressifs que moi.

Qui d'ailleurs se souvient que j'ai été le premier à accompagner LePère dans ses tournées de prospection? Dans la mémoire familiale, le seul et véritable assistant de notre père a été Geronimo, qu'on tient également pour son unique confident alors que je sais pertinemment que LePère redoutait l'impétuosité de Geronimo. «Il a un cœur qui pompe à la nitroglycérine, ce garçon-là.»

Je ne tiens pas à rectifier l'histoire, je ne tiens pas à ce qu'on me redonne ma place dans les annales familiales. Les seuls souvenirs qui me soient vraiment précieux, mes seules douceurs, ce sont ces moments d'intimité avec notre père, au coin du feu ou assis tous les deux sur un tronc d'arbre pendant qu'il m'explique les failles de la croûte terrestre qui se gorgent de magma, l'éclat résineux de la sphalérite ou ses démêlés avec l'argent. Ce que je préférais entre tout, c'était sa découverte du massif de Norco. L'instant magique où, comme le sourcier sent la présence de l'eau dans sa baguette de coudrier, il avait senti une palpitation de la paupière, «une chatouille», qui l'avait convaincu de creuser une tranchée sur le flanc de la montagne car, disait-il, «si le magnétisme de la roche m'avait immobilisé à cet endroit précis et m'avait traversé tout le corps pour me donner ce clignement de paupière, c'est qu'il y avait sous mes pieds un gisement qui défiait l'imagination». Le magnétisme! Il n'a jamais voulu d'autre explication à la chance incroyable dont il était porteur.

C'est en suivant des blocs erratiques qu'il s'est rendu à la base de la montagne arrondie qui surplombe Norco, des blocs dont la couleur brunâtre pouvait signaler la présence de galène tout autant que de sphalérite, «c'était encore difficile à savoir étant donné l'altération de la roche». L'histoire est connue. Il a creusé cette tranchée miraculeuse qui lui a révélé les longues traînées de sulfure de zinc pur qui plongeaient généreusement dans le roc. L'histoire a fait les journaux, elle est connue du monde minier et de tout Norco, mais personne n'est au courant du petit miracle qui lui a soulevé la paupière.

Pour rien au monde, je n'aurais trahi sa confiance. Nos conversations étaient mes seules douceurs à Norco. Contrairement aux autres, qui ont gardé un souvenir glorieux de nos jeunes années, moi, je me souviens surtout du bonheur de ces conversations et combien il était lourd d'être l'aîné de cette famille.

Quand le prix du zinc a chuté à six cents la livre, ma première pensée est allée à notre père. J'avais vingt ans alors, j'étais installé à Montréal depuis déjà un certain temps et j'attendais encore les millions. Les rêves que je nourrissais pour les miens avaient beaucoup évolué. Je rêvais d'une dynastie Cardinal : études universitaires et carrières triomphantes, l'un premier ministre, un autre scientifique renommé et un autre encore, pourquoi pas, prix Nobel. Tout cela bien assis sur nos millions.

J'avais appris la nouvelle par la radio de mon taxi. Bien avant de m'attrister des projets d'avenir que j'entretenais pour notre famille, j'ai pensé à notre père, à ses actions qu'il chérissait comme des morceaux d'éternité et qui allaient le plonger dans la très dure réalité maintenant qu'elles ne valaient plus rien. J'ai abandonné ma cliente boulevard Saint-Laurent, une vieille femme enturbannée de foulards, et j'ai filé à Norco, persuadé que ma présence était indispensable.

Norco était sous le choc. La Northern Consolidated avait fait les choses prestement. Les mineurs avaient reçu l'annonce de la fermeture de la mine en même temps que leur dernier chèque de paie et avaient été escortés jusqu'à la guérite par une équipe de gorilles qu'on avait fait venir à grands frais de Toronto au cas où un vent de révolte soufflerait dans les rangs. Une barrière cadenassée avait été posée devant la guérite, et déjà on s'affairait à charger archives et autres biens précieux dans des wagonnettes. Précautions inutiles ; les mineurs, trop abasourdis par la catastrophe pour nourrir des idées de rébellion, s'étaient écrasés devant des montagnes de bières.

Quand je suis arrivé à Norco, il faisait nuit, et de la légère élévation de la route qui donne une vue panoramique de notre petite ville, je pouvais entendre le glouglou des femmes, attroupées devant les deux hôtels, qui se lamentaient sur le dernier chèque de paie.

À la maison, c'était le délire. Geronimo m'a accueilli avec un sourire triomphant :

— Tu es au courant ?

On s'est massé autour de moi avant même que je n'aie le temps de faire un pas et c'est à qui aurait parlé le plus fort pour me raconter les événements de la journée.

La cuisine était encombrée d'un désordre inimaginable et ne pouvait contenir tout le monde. Ça se bousculait, ça se tiraillait, ça cognait dur pour se faire une place dans l'encadrement des portes qui donnaient sur le salon et les chambres. Personne n'était au lit malgré l'heure avancée. LaPucelle était là, avec un bébé endormi dans les bras, Tootsie, je suppose, puisque LeFion n'était pas encore né. Accroché à ses cuisses, Wapiti ou Néfertiti, je n'ai jamais su faire la différence. Et dans un coin, LesJumelles, main dans la main. Toute la maisonnée était rassemblée pour une nuit de veille.

— Ce soir, le monde est à nous !

Ils avaient décidé de fêter la fermeture de la mine par un immense feu de joie derrière la maison. Pure provocation, évidemment. Provocation d'autant plus amère pour les gens de Norco qu'ils découvriraient le lendemain que les pneus qui avaient alimenté le feu de joie des Cardinal provenaient de leurs remises.

— On va leur montrer de quels pneus on se chauffe, à ces culs-terreux de merde !

Dans le brouhaha qui a suivi, je n'ai pas pu placer un mot. On déménageait le désordre de la maison : des couvertures, des oreillers, le divan du salon ainsi que des provisions pour la nuit, et même la télé qu'on croyait pouvoir faire fonctionner sans raccordement d'antenne. Tout cela sous les ordres confus de Toutank et de Magnum qui avaient pris la direction des opérations.

J'ai accroché LeGrandJaune au passage et je lui ai demandé où était LePère.

— À la cave, comme d'habitude.

Quant à LaMère, inutile de demander, la porte de sa chambre était fermée. Elle dormait de ce sommeil court et profond qui lui permettait de hanter nos nuits.

En descendant à la cave, je me suis demandé quel spectacle affligeant m'y attendait. Pendant les longues heures de route, je n'avais cessé de m'interroger sur l'état dans lequel je trouverais notre père et sur la façon dont je m'y prendrais pour le réconforter.

Il était debout devant son établi, occupé à

gratter ses échantillons, et il n'a pris conscience de ma présence que lorsque j'ai été à ses côtés.

— Tu es venu? a-t-il fait avec un petit sourire en coin.

Ce n'était ni une question ni un étonnement, il constatait avec amusement que j'avais cédé à la panique.

— Et dis-moi donc pourquoi tu as fait tout ce chemin.

Son étrange bonne humeur m'a fait espérer un instant que tout n'était pas perdu, qu'il avait peut-être eu le temps de vendre ses actions avant la débâcle et que nos millions étaient sains et saufs.

Dans un embrouillamini que je ne parvenais pas à comprendre moi-même, je lui ai raconté ma course folle vers Norco, la vieille femme à turban qui ne voulait pas descendre de mon taxi, mes inquiétudes et cette idée aussi soudaine qu'inespérée qui tambourinait dans mon esprit.

— Oublie les actions, mon garçon, elles ne valent même pas dix cents, autant dire rien. On a mieux à faire que de s'inquiéter pour des bouts de papier.

Il me regardait de ses petits yeux malicieux et souriait de tous les plis de son visage, comme un enfant qui a un bon tour en réserve.

— Oublie les actions, a-t-il encore dit de cette voix qui annonçait les confidences. Il m'a désigné la dernière marche de l'escalier pendant que lui-même s'installait sur une caisse de dynamite. Assieds-toi là et écoute bien, ouvre grand tes oreilles, parce que ce que j'ai à dire n'est pas fait pour être répété.

Et c'est alors qu'il m'a raconté ce qui m'est d'abord apparu comme un conte de fées et puis, au fur et à mesure que se déployait son récit, j'en ai vu tous les traquenards, les responsabilités qui m'incombaient, mais jamais, au grand jamais, je n'ai eu l'intuition du drame qui nous attendait au bout de cette aventure.

Son récit nous ramenait quatre ans auparavant, à l'ouverture de la mine, quand il avait accompagné le président et quelques autres officiels de la Northern Consolidated qui faisaient visiter les installations minières à un groupe de journalistes. «C'était la première fois que j'allais sous terre. Je n'avais jamais vu l'intérieur d'une mine auparavant.»

Il avait été invité à titre de découvreur de la mine et on l'avait oublié sitôt les présentations faites, de sorte qu'il traînait derrière le groupe, un peu hébété par le vacarme des machines et la profondeur de la nuit, mais heureux d'être laissé à lui-même. Il marchait lentement. «Ce qui m'a impressionné, c'est la clarté de ce qu'on peut voir sous une petite lumière dans une noirceur aussi épaisse.» Le faisceau de sa lampe de mineur qui balayait les parois rocheuses de la galerie lui donnait à voir les dessins qu'avaient imprimés à la roche les mouvements géologiques — failles, plissements, glissements et intrusions ignées —, toutes choses qui, en d'autres temps, ne lui étaient révélées que parcimonieusement. «Je suivais très clairement les intrusions de sphalérite dans la roche volcanique. C'était, à n'en pas douter, un gisement en forme de selle comme j'avais pu en voir dans mon Manuel du prospecteur, mais le voir de ses yeux, c'est autre chose que se le représenter quand on fait de la prospection à la surface.»

Il était dans la galerie principale, à une centaine de pieds du groupe, quand la chose s'est produite. Il a reconnu la sensation de picotement sous la paupière et s'est arrêté aussitôt. Ce n'était qu'un léger fourmillement qui courait sur l'œil, à peine une démangeaison, «mais je savais qu'en m'approchant du mur de la galerie, je trouverais là de quoi me faire frétiller la paupière». Il s'est donc approché de la paroi en essayant de deviner dans le dessin de la roche ce qui réclamait aussi impérieusement son attention. C'est alors qu'il a été pris d'un dérèglement effroyable. Ce n'était plus un simple clignement d'yeux. Ses paupières battaient l'air comme des ailes d'oiseau-mouche, une force irradiante, «une boule de feu», l'a traversé de part en part, tout son corps était agité d'un tremblement fiévreux, et pendant ces quelques secondes d'éternité où il a pensé mourir, il a eu la révélation d'une veine de quartz aurifère.

— Une veine de quartz dans un schiste vert. Je ne l'ai pas vue comme je te vois. C'était plus clair. C'était comme si je voyais sous ta peau, à l'intérieur du roc, une vision en rayons X. J'ai tout vu en un instant. D'abord le schiste vert, très foncé, et puis la veine de quartz, blanchâtre, fracturée, incroyablement fissurée, et, dans les fentes, des granules d'un jaune vif, un jaune moutarde-soleil, tu sais ce que je veux dire, de l'or natif, mon garçon, de l'or pur, et en quantité inimaginable, la veine en était pleine, tellement que, par endroits, c'en était éblouissant.

La description de cette veine de quartz l'avait mis dans un tel état d'excitation que je ne le reconnaissais plus.

— Je croyais que tu n'aimais pas l'or.

Ses yeux se sont engloutis dans un large sourire et il m'a dit, en martelant chaque mot d'une voix frémissante :

— C'est que tu n'as pas vu ce que j'ai vu. Une veine comme celle-là, ça n'existe même pas en rêve. Et pourtant, je l'ai vue, de mes yeux vue. À quelques pieds du mur, dans le schiste vert, large, longue, et riche, riche, riche ! Je n'aime pas l'or qui se défile, mais quand il s'offre de cette façon-là, c'est un cadeau qui ne se refuse pas.

J'aurais voulu ne pas croire à cette veine de quartz. Mais la description qu'il m'en a faite, les précisions qu'il opposait à mes questions sur l'emplacement de la veine, ses dimensions, son pendage, son extension, et, surtout, l'assurance qu'il avait de la retrouver exactement là où il l'avait laissée, «à deux cent cinquante-cinq pas du chantier d'abattage», quand il est sorti de sa torpeur et est allé rejoindre le groupe, tout cela a fait que je l'ai vue moi aussi, dans sa gangue schisteuse, se prolongeant dans une direction nord-est, et dans le blanc laiteux du quartz, ce miroitement de paillettes d'or, cet espoir scintillant, enchâssé dans le regard de notre père, qui allait nous entraîner dans l'entreprise la plus aventureuse de notre vie.

J'ai compris qu'il n'abandonnerait pas cet or. Il avait espéré qu'on le découvre et qu'ainsi la valeur de nos actions monte en flèche à la bourse. Maintenant que la mine était fermée et qu'ils s'étaient montrés incapables de le détecter, il estimait que cet or lui revenait de plein droit.

Il n'y avait rien à dire, rien à faire, il irait chercher cette veine de quartz. Je découvrais un homme décidé, fonceur, qui ne s'effrayait ni des dangers de la mine, ni de l'illégalité de l'entreprise. Sa voix s'était raffermie et, pendant qu'il m'expliquait comment il entendait s'y prendre, j'ai eu l'impression que le monde s'écroulait autour de moi.

Cette nuit-là, j'ai pensé m'enfuir.

Par le soupirail de la cave me parvenaient l'odeur du caoutchouc brûlé et les clameurs de la fête Cardinal. Je savais que le projet de notre père sonnerait pour tous le ralliement de combat, entraînés qu'ils étaient depuis leur naissance à la guerre de détestation, et qu'ils se lanceraient à corps perdu dans cette aventure.

L'extraction de la veine de quartz exigeait que l'opération soit clandestine, mais comment dans une ville aussi petite ? Comment empêcher le bruit de la dynamite ? Comment empêcher les culs-terreux de s'interroger sur nos allées et venues à la mine? Et le camion, car il nous faudrait un camion, comment nous procurer un camion? Et plus inquiétant encore, l'or, comment l'écouler, à qui le vendre, cet or?

Je n'avais qu'une envie, retourner immédiatement à Montréal, oublier que j'avais failli mettre le pied dans ce bourbier, renaître à la vie, sous un autre nom, avec une autre personnalité, alors que je savais fichtrement bien que je n'en ferais rien.

Quand mes souvenirs me ramènent à cette nuit-là, c'est d'abord l'odeur âcre de la fumée qui me revient, emmêlée aux relents terreux de la cave. Comme s'il y avait dans cette odeur oppressante toute la lourdeur des responsabilités qui ont été les miennes. Comme si le feu, déjà cette nuit-là, s'était emparé de nos vies. Le feu et la dévastation, l'esprit ravageur du feu et la désolation des terres brûlées. Norco s'était imprégné d'une odeur de roussi.

L'été qui a suivi la fermeture de la mine a été le plus brûlant. La guerre de dévastation qui a été amorcée alors sous la gouverne de Geronimo s'est poursuivie pendant les cinq années où nous avons exploité la mine en secret.

J'arrivais de Montréal, l'auto remplie à ras bord d'effets que LePère m'avait chargé d'acheter, et bien avant la pente qui annonçait le pont couvert, j'avais dans les narines les effluves sinueux de l'incendie qui rageait contre une cabane ou un corridor d'herbes folles et derrière lequel courait toute une bande de Cardinal, petits et grands confondus.

Geronimo n'était qu'un jeune gringalet, douze ans tout au plus, quand il s'est mis à la tête de ce qui a été appelé la guerre du feu. Ce garçon m'a toujours impressionné. Ça ne m'étonne pas qu'on le retrouve aujourd'hui un peu partout au cœur des grandes batailles qui ravagent le monde. Il aime l'affrontement, il aime les situations d'extrême tension. À Norco, il était à lui seul une armée de libération et d'oppression.

C'est son habileté avec la dynamite qui lui a valu de devenir l'assistant de notre père à la mine. Dans les plans que nous avions élaborés, LePère et moi, la nuit où tout a basculé, nous avions d'abord choisi Magnum et Toutank. Ils étaient alors âgés de quatorze et de quinze ans, « assez forts, avait dit LePère, pour tourner la tige d'acier pendant que l'autre frappe avec la masse ». Car c'était ainsi qu'il avait pensé dégager le quartz de sa gaine de schiste. Dans les faits, ils ont souvent dû recourir à la dynamite, car si le schiste est une roche friable, particulièrement le schiste argileux, ils ont rencontré des structures plus coriaces qui refusaient de s'ouvrir sous le carbure de la tige d'acier. Ils se restreignaient alors à un demi-bâton de dynamite et évitaient les belles journées claires qui auraient porté le bruit de la détonation.

Il n'a pas fallu un an pour que Geronimo déloge Toutank et Magnum. Je suis arrivé un jour et c'était chose faite. Toutank et Magnum rongeaient leur frein à la maison et Geronimo partait le matin avec LePère, officiellement pour les terrains miniers qui longeaient la rivière, un leurre qui n'abusait que les culs-terreux car, hormis les plus jeunes, Wapiti, Néfertiti, Tootsie et surtout LeFion qui, en raison de son âge et de sa faiblesse de caractère, a toujours été maintenu dans l'ignorance, nous savions tous que ces activités de prospection derrière la montagne n'étaient qu'un alibi pour justifier nos allées et venues à la mine.

J'ai eu un serrement au cœur quand j'ai appris que LePère l'avait pris pour assistant. De dépit, de jalousie surtout, car je n'étais pas sans imaginer leurs conversations dans la nuit humide de la mine. La clandestinité, l'environnement hostile d'une mine à l'abandon, le danger constant d'un éboulis ou d'un dynamitage mal contrôlé, tout cela rapproche deux êtres plus intimement que des années de cuites carabinées. D'autant que la méthode de minage imaginée par LePère, extrêmement artisanale, exigeait une connivence de tout instant. Elle consistait à entailler le roc en dents de scie, d'abord le schiste vert et ensuite le quartz. La veine de quartz était de forme tabulaire, deux pieds sur quatre pieds d'un beau blanc opalescent strié d'or, et montait dans une direction nord-est sur un pendage de quarante-cinq degrés, de sorte qu'il fallait la suivre dans un tunnel qui offrait tout juste assez d'espace pour loger deux hommes, une foreuse à béquille et un compresseur. Chaque opération dans un espace aussi redoutable demandait une réflexion et une inventivité qui ne laissaient aucune place à l'erreur. Je craignais plus que tout la séduction de l'intelligence de Geronimo dans de telles conditions.

Je ne suis que très rarement allé à la mine pendant les cinq années où nous en avons pris possession. Mon rôle dans toute cette affaire, pour important qu'il ait été, ne m'en tenait pas moins éloigné. J'étais continuellement sur la route. J'avais abandonné le taxi pour me faire représentant des ventes chez Mines & Mills Supplies, un fournisseur de matériel minier. Outre les avantages que nous en tirions pour notre approvisionnement, mon travail me mettait en contact avec des entrepreneurs miniers, ce qui m'a permis de trouver une façon d'écouler discrètement notre or. Nous en avions discuté longuement, LePère et moi, pendant cette fameuse nuit passée à la cave, et nous en étions venus à cette seule solution : trouver une petite exploitation aurifère et un directeur pas trop scrupuleux qui, pour surclasser son minerai et faire monter ses actions en bourse, accepterait d'acheter notre or en douce. C'est ainsi que le petit camion que nous avions eu d'occasion descendait chaque soir la montagne, moteur et phares éteints, et amenait une tonne de notre beau quartz constellé d'or à la Goldstream Mine.

Toutes ces précautions ne pouvaient tenir indéfiniment les culs-terreux dans l'ignorance de nos activités. Norco avait bien changé depuis qu'il avait été abandonné par la Northern Consolidated. Ce n'était plus qu'un ramassis de pauvres gens en quête d'eux-mêmes. Ils n'avaient pas réussi à se trouver une vie ailleurs ou n'y avaient même pas songé, et ils étaient restés là, perdus dans cette ville gangrenée par l'absence d'espoir, semblables à ces pauvres hères que je vois surgir parfois dans la lourdeur d'un chaud après-midi du Goldfield australien.

Ils nous détestaient aussi férocement qu'ils étaient haïs. La guerre du feu les avait réduits à une impuissance haineuse, grinçante, qui retenait son fiel en attendant qu'une intervention du ciel vienne leur rendre justice. Ils n'étaient plus que quelques-uns, une dizaine de familles peut-être, tapis dans la crainte de nouvelles vexations, victimes d'un régime de terreur auquel ils avaient consenti, et ils nous surveillaient de leurs fenêtres.

Il ne nous est jamais venu à l'esprit qu'ils pourraient nous dénoncer. Nous les tenions trop fermement en notre pouvoir, pensions-nous, pour qu'un sursaut de dignité leur suggère pareille audace. « Qu'ils osent, disait Geronimo, qu'ils essaient seulement de dire un mot de travers... »

Je n'ai participé d'aucune façon à la guerre de harcèlement qui a été menée contre les culs-terreux pendant toutes ces années. Ma position d'aîné, Dieu merci! m'exemptait de ces démonstrations de pouvoir pour lesquelles je n'avais aucune inclination. Geronimo lui-même a dû y renoncer. Il n'était plus en âge de rosser des jeunes morveux ou de courir derrière des feux d'herbe. Mais il restait friand de ces jeux cruels et c'est lui qui en était l'instigateur le plus inspiré.

Il était devenu le chef de la famille. Le chef incontesté et incontestable. Toutank et Magnum partis, il était maintenant l'aîné, si l'on fait abstraction de LaPucelle qui, malgré ses vingt-deux ans et son indispensable présence, n'en était pas moins une fille, et si l'on m'oublie, moi qui m'étais moi-même oublié sous le poids des responsabilités. Je n'étais plus que le fidèle coursier sur lequel on pouvait compter pour la dynamite, l'essence et les outils nécessaires à l'exploitation de la mine. J'allais et venais, j'apparaissais et disparaissais, continuellement sur la route, avec la constante appréhension de ce qui m'attendait à la maison. J'étais inquiet de ce qui pouvait survenir à la mine, un accident, la police, inquiet de voir un jour LePère menottes aux poings, inquiet pour notre mère qui s'était enfermée dans un marmonnement inintelligible depuis la naissance du Fion, depuis qu'elle n'enfantait plus, inquiet de ce que Geronimo pouvait encore avoir inventé : qui cette fois serait sa victime ? Tintin ? ElToro ? ou cette pauvre Angèle sur qui il s'acharnait tant ?

Tintin était son lieutenant, son bras droit, c'est lui qui brûlait et asservissait Norco en son nom, et c'est à lui qu'il s'en prenait le plus souvent. Tintin acceptait les humiliations et les sévices avec l'abnégation d'un chevalier devant les supplices d'une épreuve initiatique.

Mais c'est Angèle qui avait toute son attention quand elle revenait du couvent ou, pire, de chez les McDougall. Angèle était une jeune fille étrange. Elle avait grandi avec des aspirations qui s'étiolaient dans notre capharnaüm, elle cherchait continuellement à s'en échapper et, pourtant, elle nous revenait toujours, fraîche comme une rose, légère et souriante, jusqu'à ce que Geronimo entreprenne, encore une fois, de lui arracher les ailes.

Ses coups étaient d'une précision chirurgicale. Il savait exactement où frapper. Dans le cas d'Angèle, c'était d'une cruauté à peine soutenable. Elle n'a jamais été giflée, cognée, battue, rien de cela. À part LaTommy qui recevait les coups qu'elle donnait, les filles Cardinal n'ont jamais été inquiétées physiquement à la maison. Non, le traitement que Geronimo réservait à Angèle était d'une rare perfidie. Comme de lui imposer, à son retour du couvent, en blouse blanche et en tunique luisante de propreté, de faire le compte des chats qui pourrissaient dans un baril derrière la maison en prévision de cette fameuse fête des chats où le clan Cardinal paradait dans les rues désertes de la ville avec les pauvres bêtes empalées sur un piquet. Après qu'elle avait compté les carcasses dans le baril, il lui demandait : «Il y en a assez?», et elle, entre le nombre jugé satisfaisant et ce qu'il y avait dans le baril, devait évaluer ce qui lui éviterait d'y retourner. «Tu as oublié qu'il en faut aussi pour ton ange gardien, sœur Angèle.» Elle y retournait.

«Et en latin, ça fait combien?» Quand le jeu ne faisait plus rire personne ou qu'il s'en était lui-même lassé, il disait d'un air dégoûté : «Va donc te changer, tu pues le chat mort.» Elle restait là, dans le désarroi le plus total et son uniforme souillé, debout au centre du salon, jusqu'à ce que LaTommy la tire par la manche et l'entraîne dans une chambre.

Je n'ai jamais pu m'habituer au regard qu'elle avait alors, ou plutôt à son absence de regard. Les yeux fixes et agrandis par l'effort, elle attendait la fin de l'épreuve, réfugiée quelque part en elle-même, là où la douleur rejoint l'âme. Une Jeanne d'Arc au bûcher.

Aurais-je changé le cours des choses si j'avais trouvé en moi la force de m'opposer à Geronimo?

J'avais vingt-cinq ans, j'étais un homme fait, comme on disait à l'époque, et lui n'était qu'un jeunot, seize, dix-sept ans, le corps à peine sorti de l'adolescence, des jambes et des bras qui s'agitaient autour de lui comme des bêtes affolées, la figure vérolée d'acné, mais du nerf plein les muscles, un regard farouche et une détermination à vous faire rentrer sous terre. J'étais sous le joug, comme les autres.

Personne ne lui résistait, pas même LePère. Il s'était fait invisible, on ne le voyait plus qu'aux repas. Encore fallait-il prêter attention pour sentir sa présence avant qu'il ne s'échappe de table et descende à la cave. Et Geronimo, plus tard en soirée, après avoir trôné au salon et distribué

169

sarcasmes et taloches à qui en voulait, descendait à son tour l'escalier de la cave. Le murmure de leur conversation me glaçait le cœur. C'est en les entendant que je me suis mis à rêver de l'Australie.

Je n'ai trouvé que ce rêve misérable pour préserver ma dignité. Ce rêve, rien de très compromettant au départ, un fantasme à peine dessiné dans mon esprit, l'illusion d'un départ qui devait donner plus de prix à ma présence, ce rêve n'était qu'un rêve, une supercherie, un écran de fumée destiné à masquer mon impuissance. Je n'y ai jamais cru véritablement jusqu'au jour où il m'a fallu me rendre à l'évidence que je n'avais plus accès au territoire intime de notre père. C'est à Geronimo qu'il se confiait désormais.

J'étais devenu, moi, la force tranquille vers laquelle on se tourne quand on a besoin d'un homme de confiance. C'est à moi qu'on a demandé d'amener Bibi à une avorteuse quand elle s'est retrouvée enceinte. Pauvre Bibi! Elle avait pleuré tout le long jusqu'à Montréal. Et c'est encore vers moi qu'on s'est tourné quand il s'est agi de faire sortir de Norco l'image vivante d'Angèle.

Mais je n'étais plus l'homme de la situation. Je l'ai compris quand je suis arrivé un jour et que j'ai retrouvé Geronimo et LePère en conversation à la cave en plein après-midi. Ils n'étaient pas allés à la mine de la journée. En fait, ils n'y étaient pas allés de la semaine.

Un avion était passé au-dessus de Norco en

début de semaine, lentement et à basse altitude, traînant un appareil qui ne laissait aucun doute sur ce qu'il fallait redouter d'un tel incident. La géophysique aéroportée avait commencé à donner des résultats dans le Nord, notamment dans le secteur de Matagami. C'était la nouveauté de l'époque, de sorte que, lorsque l'avion est passé au-dessus de Norco, tout le monde s'est précipité pour le voir et que, bien après qu'il a été hors de vue, les culs-terreux étaient encore dans les rues, sautant et gesticulant pour que le pilote rebrousse chemin et revienne passer son instrument au-dessus de la montagne.

— Tu aurais dû les voir. Plus culs-terreux que jamais !

Je n'étais pas entré dans la maison que LaPucelle avait entrepris de me raconter toute l'histoire.

J'imaginais sans peine l'espoir qu'avait pu susciter le passage de cet avion chez les culs-terreux. Leur haine sournoise s'enhardirait maintenant qu'ils pouvaient espérer que «leur» mine leur soit redonnée. Car il s'agissait bien de cela. La réouverture de la mine. La géophysique moderne n'allait pas passer à côté d'une richissime veine de quartz aurifère que notre père, sans autres ressources que sa chance de prospecteur, avait vue scintiller à travers le roc. Il fallait donc s'attendre à ce que, d'ici quelques semaines ou quelques mois, une équipe de géologues débarque à Norco pour étudier l'anomalie détectée par le bidule de l'avion et... découvre le pot aux roses.

La maison était en état d'alerte. LaPucelle et tous ceux qui étaient en âge d'apprécier la situation m'observaient d'un œil inquiet.

Et, bien sûr, ma première réaction a été de demander où était LePère.

J'ai hésité avant de descendre à la cave quand ils m'ont dit qu'il était avec Geronimo. Ce territoire n'était plus le mien depuis longtemps. Mais c'était plus fort que moi, un vieux réflexe, j'avais le sentiment qu'en pareilles circonstances ma présence lui était indispensable.

Je n'aurais pas dû. L'amère désillusion qui m'attendait !

Ils étaient assis chacun sur une caisse de dynamite vide, l'un en face de l'autre, le corps ramassé en une position qui ne laissait voir que leurs dos arrondis, penchés vers le sol de terre battue, absorbés par les silences de leur conversation, et, dès qu'ils m'ont entendu dans l'escalier, ils ont relevé la tête d'un même mouvement, me regardant comme si je surgissais d'un autre monde, et LePère m'a dit : «Attends-nous en haut, Émilien, on monte dans deux minutes.»

Une volée de gifles n'aurait pas mieux fait !

Pendant les jours qui ont suivi, les semaines et les mois — car ce n'est qu'en juillet que l'affaire s'est résolue avec l'explosion de la mine, notre dernier dynamitage, celui qui a emporté Angèle —, pendant tout ce temps, je me suis enfermé dans une solitude rageuse, la seule attitude qui pouvait me garder un peu de dignité et que personne n'a remarquée tellement la maison était agitée. C'était le branle-bas de combat, une tension constante, de jour comme de nuit. La maison vivait sur des charbons ardents.

Nous n'avions jamais envisagé l'éventualité d'une réouverture de la mine et maintenant que cette possibilité était là, bien réelle, il fallait à toute vitesse effacer les traces de nos activités. Geronimo et Tintin se chargeaient d'aller retirer notre matériel, de brûler sur place ce qui ne pouvait être transporté, nuitamment, car les culs-terreux s'étant enhardis, nous étions désormais sous haute surveillance. Mais, nous le savions tous, ces précautions s'avéreraient inutiles quand on découvrirait notre tunnel et, au bout de mille pieds de sueur et de nuit noire, le scintillement de notre veine de quartz.

LePère et Geronimo s'enfermaient à la cave pendant des heures et, quand ils en sortaient, nous cherchions l'éclair d'un début de solution dans leurs yeux, mais dissimuler un trou de mille pieds dans le roc, c'est comme déplacer une montagne, la situation était impossible, nous le savions. Et moi qui n'espérais plus rien, sauf peut-être un regard de notre père, j'attendais dans mon coin et, après un moment, j'empoignais mon coupe-vent et je m'engouffrais dans de longues marches solitaires dans les rues de Norco. Je ne revenais à la maison que lorsque j'avais bu tout mon saoul d'amertume et que je pouvais présenter ma figure de tous les jours à la famille réunie au salon.

Qui saura ce qui s'est dit pendant toutes ces

semaines et tous ces mois à la cave? Qui pourra nous dire si la solution finale a été décidée d'un commun accord ou si Geronimo s'est lancé tout seul, à corps perdu, dans le dynamitage de la mine, sans en souffler mot à notre père?

La veille de l'explosion, nous avions fêté l'anniversaire du Taon. La tension était à son comble. LePère venait d'apprendre que la Northern Consolidated avait repris ses droits sur la mine. Elle s'appelait maintenant la New Northern Consolidated et se préparait à envoyer une équipe de géologues. Tout cela, il l'avait appris à Val-d'Or, à Amos, au Bureau des mines, dans les bars qu'il s'était mis à fréquenter. Il n'aurait pas eu à se donner cette peine, la rumeur s'était rendue d'elle-même à Norco. Les culs-terreux étaient sortis de leurs terriers et humaient l'air de la vengeance.

Devant la maison, sur notre butte, six véhicules parqués en désordre, tous des vieux tacots à l'exception de la Rambler de Yahou. Nous étions tous là, alertés par la nouvelle, inquiets de ce qui allait survenir, sombres, tendus, armés d'une gaieté de matadors pour fêter les onze ans du Taon. Notre dernier rassemblement familial.

Tard dans la soirée, ou pendant la nuit, je ne sais plus — le temps s'est emmêlé, c'est peut-être seulement au petit matin que je m'en suis aperçu —, Geronimo avait disparu. Il avait passé la soirée au salon avec nous, au centre du divan à trois places, au centre de ces discussions qui étaient une véritable passion pour nous. La discussion, cette nuit-là, naviguait sur une mer démontée. Nous tonnions contre toutes les forces de l'univers, contre l'idée même de Dieu, et sur un ton un peu plus bas, au creux de la vague, nous grondions contre la New Northern Consolidated qui voulait s'en prendre à notre mine. Alors que la tempête nous avait amenés encore une fois à nous interroger sur la façon de sauver l'honneur de notre famille, Geronimo a laissé un long silence traîner dans le bouillonnement de la vague et puis, nous regardant l'un après l'autre, se rengorgeant d'un air de triomphe au fur et à mesure que l'autorité de son regard faisait le tour du salon, il a souri enfin et, d'une voix lente et forte, il a dit : «Aheumine.»

Le lendemain, quand nous l'avons vu surgir dans la poussière soulevée par l'effondrement de la mine, nous savions de quelle mission il s'était chargé.

Je l'ai ramené à Montréal avec l'image d'Angèle qui se mourait sous des tonnes de roches.

Ce n'est que plus tard, quand je me suis vu incapable de vivre avec cette image, que l'Australie s'est imposée. J'ai réservé mon billet, mais avant de m'engloutir dans un exil sans retour, il me fallait aller vérifier s'il me restait quelque espoir de retrouver ce que j'avais perdu. Je suis retourné à Norco.

La maison flottait dans un état d'irréalité. Personne ne semblait être là où il était. Et LePère, quand je suis descendu à la cave, n'a pas eu l'air de comprendre ce que je faisais là.

Comment vivre avec un regard, vrillé au plus profond de l'âme, qui vous accuse d'avoir tué votre sœur?

Je savais que j'aurais à affronter ce regard en acceptant de venir au congrès des prospecteurs. Le regard de LaTommy et celui de tous les autres, unis et solidaires dans la douleur. Je n'allais pas échapper à mon karma.

J'ignore encore ce qui m'a poussé à accepter. Quand ElToro m'a rejoint au téléphone à Grozny, j'aurais très bien pu lui dire que je ne pouvais pas partir, que ma présence était absolument indispensable, ce qui était d'ailleurs la pure vérité puisque les combats avaient repris un peu partout. À la frontière du Daguestan, à Goudermès, à Argoun, et même à Atchkhoï-Martane. Il y avait eu une accalmie en juillet, après l'accord de cessez-le-feu, mais depuis que Doudaïev avait désavoué Imaïev, il n'y avait plus de paix possible. Les chairs ravagées par les kalachnikovs et les lance-roquettes ne me laissaient aucun répit.

Et me voici, ici, dans cet hôtel de luxe bon marché, exposé aux regards des miens, incapable de faire un pas dans ce magma de sentiments, étourdi jusqu'au vertige par tous ces visages et ces voix familières. Me voici en fin de course après tant et tant d'années d'errance. Voici que Geronimo se présente devant les siens, sans arme et sans défense, complètement démuni, comme l'enfant qu'il n'a jamais été.

Je les ai tous reconnus. Même LeFion, je l'ai reconnu. Malgré sa stature d'homme, il porte en lui le petit garçon inquiet et admiratif qui nous courait entre les jambes et que nous chassions d'une taloche mais qui revenait à la charge, collant comme une mouche, jusqu'à ce qu'il trouve protection auprès de l'un de nous, Tintin habituellement. Il n'a pas cessé de me tourner autour depuis que j'ai franchi les portes de l'hôtel.

Il a suffi d'un instant, j'avais à peine mis le pied dans le hall d'entrée, et j'ai senti la terre tourner dans mon ventre, j'ai eu le sentiment d'un danger très proche, très intime, qui allait m'embrocher de part en part. La menace s'est resserrée au fur et à mesure que s'appesantissaient les minutes, les secondes. Qu'est-ce que j'étais venu faire dans cet enfer?

ElToro est le premier qui m'a aperçu. Il m'a fait signe d'où il était, et il est venu à moi, tout sourire, la main tendue, confiant et tonitruant, comme s'il était l'hôte de cette réunion. Les autres se sont approchés peu à peu et je me suis retrouvé au centre d'une mouvance inquiète, chacun essayant d'échapper au regard de l'autre. LaTommy n'avait pas encore fait son entrée, mais je savais que, moi présent, on n'attendait plus que son arrivée pour que le drame se mette en place.

J'ai failli ne pas la reconnaître. Elle a vieilli, comme nous tous, mais plus profondément, d'une façon qui ne laisse rien deviner ce qu'elle a été. Quand j'ai vu cette femme se glisser à petits pas vers la réception de l'hôtel, j'ai cru à une femme de ménage venue quémander son dû, une pauvre vieille femme brisée par la vie. Les vêtements n'étaient pourtant pas misérables. C'étaient un anorak de duffel, trop chaud pour la saison, bordé de fourrure de renard blanc, un pantalon noir avec le pli bien net sur le devant, des bottes basses et une chemise à carreaux, rouge, qui flamboyait dans l'ouverture de l'anorak. Quoique inappropriés, les vêtements n'étaient ni pauvres, ni sales, ni usés. C'était l'attitude de cette femme, courbée, ramassée sur elle-même, qui donnait cette impression de vie misérable fuyant les regards de l'opulence.

Dans le hall, la voix d'ElToro a sonné haut et fort : «Voilà LaTommy!» Même alors, je n'arrivais pas à croire à ce visage sombre et fermé.

C'est seulement lorsqu'elle a croisé LaPucelle que j'ai reconnu LaTommy. Son corps s'est redressé avec la fierté sauvage d'un animal, tous ses traits se sont éclaircis d'un coup et, malgré les rides, malgré toutes ces années, malgré la peur qui me révulsait le cœur, j'ai vu le regard noir de LaTommy plonger dans celui de LaPucelle, le regard qui me poursuit sans arrêt et qui m'accuse d'avoir tué Angèle.

LaTommy a quitté ses terres du Nord et nous sommes tous dans sa ligne de tir. Moi le premier. Elle ne m'épargnera rien. Ni la mort d'Angèle, ni les robes McDougall, ni les séances de latin au salon, rien de ce que j'ai fait ou dit ne me sera épargné. Sans un mot, uniquement avec la force de son regard, comme elle l'a fait après l'explosion de la mine, dans l'auto d'Émilien, quand je ne croyais fuir que les culs-terreux et leur soif de vengeance, et qu'elle m'a embroché de ses yeux sombres et m'a donné à voir Angèle ensevelie sous les tonnes de roches que je venais de dynamiter.

Comment expliquer ce qui s'est passé ce jour-là sans briser le mince fil de mensonges qui nous tient en équilibre? Aux yeux de tous, je suis celui qui a fait exploser la mine, je suis l'unique responsable de la mort d'Angèle. Et c'est très bien ainsi. Il est inutile que nous soyons deux sous les feux de l'accusation.

Je savais, ce jour-là, que je devrais quitter Norco à tout jamais. Les culs-terreux n'allaient pas rater une si belle occasion de se venger de tout ce que nous leur avions fait subir. J'ignorais alors que, en fuyant la police — leur tripatouillage allait inévitablement se diriger vers nous —, je devrais fuir aussi ma famille.

Mon seul souci était de détruire les traces de nos activités à la mine. Nous en avions longuement discuté, LePère et moi, sans qu'aucune solution vraiment convaincante ne se soit présentée. Le dynamitage avait été envisagé mais rejeté aussitôt. «Trop dangereux», avait dit LePère. Je lui avais soumis l'idée de dynamiter le pilier central du chantier d'abattage de la mine, une colonne de roc d'un diamètre d'environ vingt pieds s'élevant à plus de soixante pieds jusqu'au plafond de cette vaste salle creusée au centre de la montagne, le cœur de la mine. «C'est beaucoup trop dangereux. Si tu fais exploser ce pilier-là, c'est toute la mine qui s'effondre. Et toi, tu seras au centre de l'explosion, tu te seras fait avaler tout rond.»

— Et si on dynamitait sur le côté est? Si on dynamitait le pilier à l'entrée de la galerie qui conduit à notre tunnel? Le pilier latéral est?

C'était encore trop dangereux. Il était disposé à se livrer pieds et poings liés à la police plutôt que de voir un de ses enfants risquer sa vie dans une opération qui impliquait trop de dynamite et une trop grande masse rocheuse. Il était parfois d'une prudence exaspérante.

Mais moi, à force de le tarauder de tous bords tous côtés, j'ai su comment m'y prendre pour faire exploser le pilier latéral sans y laisser ma vie.

Pendant la semaine, j'ai transporté à la mine ce qu'il fallait de dynamite et de mèche de tir. De nuit, et avec Tintin, qui était mon complice de l'heure. Il méritait bien son nom, Tintin. Toujours à la rescousse du plus petit, du plus faible, il protégeait la veuve et l'orphelin, en l'occurrence les Titis, LeFion et parfois même Angèle quand il la voyait sur le bord de flancher devant les difficultés, mais, devant une épreuve, premier à se lancer dans le feu, premier à narguer la bêtise et la peur, il était mon plus fidèle bras droit dans la guerre que nous avons menée pour reprendre possession de nos droits. Une naïveté incroyable, mais un sens du devoir à toute épreuve.

C'est lui qui m'avait aidé à retirer notre matériel de la mine au cours des semaines précédentes. Et maintenant, nous refaisions le travail en sens inverse. Nous ramenions la foreuse, le compresseur et les explosifs, et entreprenions de forer des trous de dynamitage à la base du pilier latéral est.

Il a bien fallu que je lui explique.

J'aurais dû me méfier des questions de ce garçon. Il a eu vite fait de comprendre qu'en dynamitant le pilier latéral, je visais l'obstruction de la galerie et, avec un peu de chance, de l'entrée de notre tunnel. Mais ce qui l'intéressait, comme moi-même quelques semaines plus tôt, c'était le pilier central, une explosion tous azimuts, l'effondrement total de la mine, une explosion qui s'attaquerait à la structure lithique de la mine et qui ne laisserait qu'un misérable tas de roches au fond d'un cratère, un trou aveugle dont on ne pourrait tirer ni une autre mine ni aucune preuve de nos activités. Et comme je l'avais fait avec LePère, il m'a harcelé de questions.

J'ai compris plus tard, beaucoup plus tard, que mes réponses à ses questions lui avaient permis de savoir quelle charge de dynamite poser au centre du puits (c'est ce qu'il a fait, le malheureux!) pour que la force des deux explosions, la mienne et la sienne, se rejoigne d'un seul souffle et vienne arracher le pilier central, provoquant la déflagration que nous avions souhaitée tous les deux, une immense et terrible détonation qui a jailli des profondeurs de la terre, gonflant, soulevant et crevant dans un même temps le sommet pelé de la montagne qui s'est affaissé dans un vacarme absolument insoutenable, les roches qui se fendaient, s'entrechoquaient, se fracassaient, le tumulte de leur chute au fond de la béance ouverte de la mine, les gémissements de la roche mère qui se fissurait de toutes parts et dont je sentais les frémissements sous mes pieds, la force conjuguée de nos deux explosions avait fait voler en éclats la structure interne de la mine et s'était attaquée aux fondements mêmes de la roche sur laquelle elle reposait. C'était inespéré, au-delà de toute attente, une victoire totale. Une victoire dont je savourais toute la gloire, ne sachant pas que Tintin, sur l'autre versant de la montagne, se dépêchait de me rejoindre.

J'ai entendu un dernier soubresaut de la montagne, une détonation sourde et profonde, et je me suis empressé de dépoussiérer mes vêtements car je n'ignorais pas que l'explosion allait attirer la horde des culs-terreux et qu'il me faudrait leur faire face.

C'est derrière un bâtiment de la mine, où je m'étais posté pour observer leur arrivée, que j'ai vu apparaître Tintin. Il était couvert de poussière et de suie, à bout de souffle car il avait couru, mais il rayonnait de satisfaction. Je ne comprenais pas.

— Qu'est-ce que tu fais là ?

Pour toute réponse, il a eu un vaste sourire triomphant. Il exultait de fierté et me fixait de ses yeux brillants, son regard cherchant la complicité du mien. Je ne voulais pas comprendre.

— Mais, bon Dieu, vas-tu me dire ce que tu fais ici ?

Je nous revois, moi, grand bêta infatué d'une gloire que je refusais de partager, incapable de me rendre à l'évidence, et lui, Tintin, jeune freluquet émerveillé par son exploit, qui réclamait sa part de lauriers. J'hésitais entre ce qu'il fallait comprendre et la mornifle qui l'aurait ramené à de plus justes sentiments. Et puis, les culs-terreux sont arrivés et j'ai su ce que je devais faire.

Ils se sont amenés en trombe, les hommes, les femmes, les enfants, agglutinés les uns aux autres, ahuris, hébétés, abêtis par l'instinct de la catastrophe, et ils se sont massés autour du cratère, ils ont contemplé leur malheur en silence et, quand leur est venue l'intelligence, quand ils ont eu une vague représentation de ce qui pouvait s'être passé, ils se sont repliés vers la guérite de la mine en prononçant mon nom : «Geronimo ! Où est Geronimo ?» J'ai su alors que, quoi qu'il arrive, nous ne devions avoir qu'un seul responsable à leur jeter en pâture car la vengeance des faibles peut être terrible.

J'ai empoigné Tintin et je lui ai dit, les yeux dans les yeux, pour que mes paroles s'imprègnent dans toutes les fibres de son être :

— Il n'y a qu'un seul responsable et c'est moi. Toi, tu restes ici et tu ne te montres pas avant de t'être nettoyé.

Je bénis l'inspiration que j'ai eue en cet instant précis où il s'apprêtait à grimper sur la montagne et à se présenter devant eux. Ni lui ni moi ne savions alors qu'Angèle se trouvait au fond de la mine. Je cherchais uniquement à le protéger de la fureur des culs-terreux. Et je me réjouis d'avoir eu le bon sens de le décharger d'un poids qu'il n'aurait pu supporter. Ce garçon n'avait pas ce qu'il faut. Il était tout ce qu'on peut espérer d'un Cardinal, mais au fin fond de lui-même il y avait un endroit où il cachait une grande sensibilité, trop grande pour qu'il puisse prendre la responsabilité de la mort d'Angèle.

Je le lui ai encore dit quand nous nous sommes retrouvés des années plus tard : « Il n'y a qu'un seul responsable et c'est moi. »

C'est un cœur tendre, Tintin. Il n'aurait pas survécu si je n'avais pris sur moi l'entière responsabilité de ce qui s'est passé ce jour-là. Comment aurait-il pu ? Moi qui étais plus âgé, plus coriace, plus endurci, je n'ai réussi à vivre avec ce poids amer qu'en m'enfonçant toujours plus profondément dans le carnage, les massacres, les guerres fratricides qui maintiennent mon âme écrasée sous une douleur plus vaste que la mienne. Chirurgien de guerre. Je n'ai pas choisi une carrière, je n'ai pas choisi l'héroïsme, je me suis enfoncé dans une douleur qui n'était pas la mienne. Seul instinct de survie qui m'est resté après que le regard noir de LaTommy m'a eu transpercé le cœur et fait voir Angèle, ma sœur, ma sœur préférée quoique certains aient pu penser, Angèle, la plus forte, la plus intelligente, la meilleure de nous tous, Angèle, le corps broyé sous des tonnes de roches.

Elle était la plus brillante de nous tous, elle aurait empourpré notre nom de fierté si nous l'avions laissée vivre, elle était le plus pur joyau de notre famille, mais tellement imprévisible, tellement déroutante! Comment cette fille pouvait-elle s'intéresser à la fois aux mathématiques des nombres imaginaires et à la guenille?

Je sais qu'on m'a trouvé dur à son égard. Personne n'a vraiment compris, sauf elle, peut-être. Je cherchais à m'approcher de cette part insaisissable qu'il y avait en elle, je voulais la secouer pour qu'elle se révèle et nous donne à voir ce qu'il y avait de si impérieux dans cet élan qui la portait vers d'aussi futiles désirs, les robes, les colifichets, les bonnes manières, toutes ces charmenteries qui l'attiraient comme du miel. Elle se laissait brusquer, elle acceptait l'épreuve avec un abandon qui chaque fois m'émouvait. Et cette douceur...

Cette fille reste une énigme pour moi. À partir du moment où elle s'est laissé séduire par les beaux vêtements et le château des McDougall, je n'ai cessé de m'interroger sur elle. Aucun de nous ne se serait fait prendre à un piège aussi grossier. Et elle, petite fille au cœur léger, elle allait et venait, un pied dans notre monde et l'autre dans le rêve, elle nous quittait régulièrement pour jouer à la princesse chez les McDougall et nous revenait tout aussi régulièrement, souriant aux anges dans ses robes de poupée, tournoyant et virevoltant sur elle-même, comme si elle ne savait pas que nous allions devoir briser sa bulle de verre pour la ramener parmi nous. Ses retours d'escapade étaient éprouvants et, pourtant, elle finissait toujours par repartir. Elle retournait chez les McDougall avec une légèreté obstinée chaque été, même si d'une fois à l'autre l'épreuve qui l'attendait au retour se faisait plus incisive, et sans que je réussisse à comprendre ce qui l'attirait tant chez ces gens-là.

J'ai pensé qu'elle le faisait par défi, car il m'est arrivé de surprendre dans son regard, au plus vif de l'épreuve, un sentiment qui me donnait toute la mesure de sa force et qui m'humiliait. Je ne saurais dire exactement ce que c'était. Mais je sais que c'est ce noyau dur que je poursuivais en elle.

Nous n'avons jamais eu de véritables conversations. Elle était ma cadette de trois ans, une fille au surplus, et moi, j'étais celui qui allait devenir le chef de cette maison.

Il n'y a eu qu'une seule occasion où nous aurions pu avoir cette conversation et je l'ai gâchée. Pourtant, c'est moi qui avais voulu que nous nous retrouvions seul à seul. Un dimanche après-midi, à la mine. Sous prétexte d'y avoir oublié la loupe dont LePère avait un pressant besoin, je lui avais demandé de m'accompagner. Les autres n'y avaient vu que du feu. Elle était en uniforme de collégienne, tunique marine et blouse blanche, et personne ne doutait que je lui avais réservé un tour à ma façon.

Cette fille m'impressionnait. Elle avait appris l'anglais chez les McDougall, le latin avec les bonnes sœurs, s'intéressait aux civilisations anciennes et aux mathématiques modernes, et elle avait réussi à garder sa place à la maison malgré cette vie qu'elle avait ailleurs. Elle avait seize ans, elle allait bientôt s'envoler dans un autre monde sans que j'aie pu toucher du doigt ce noyau ardent au fond de son âme. J'avais décidé de l'approcher tout doucement, je voulais qu'elle se révèle à moi librement. Mais j'étais assez fruste à l'époque et je ne savais pas manier les conversations intimes.

J'avais pensé profiter de l'accalmie du dimanche. Nous vivions tous en tas dans cette maison, emmêlés, agglutinés, en disputes continuelles pour un peu d'espace malgré le dédale de chambres et de cuisines-salons qui nous en offrait tant et plus, mais le dimanche, une trêve s'installait, une sorte de langueur s'emparait de la maison, et nous nous dispersions un peu partout, sur la galerie avec un livre, dans une chambre à taquiner les ombres sur un mur, et nous laissions filer le temps. J'avais pensé profiter de cette accalmie pour l'inviter discrètement. C'était compter sans l'intérêt que suscitait la moindre initiative du grand Geronimo de l'époque.

Elle était avec LaTommy dans la dernière chambre à l'étage et, au ton de leurs voix, je savais qu'elles en étaient aux confidences. LaTommy s'est braquée dès qu'elle m'a vu apparaître dans l'embrasure de la porte. Et moi, au lieu de la phrase gentille que je m'étais préparée, je me suis entendu dire :

— Avant d'aller t'user les yeux sur tes livres de latin, viens donc m'aider à retrouver la loupe que LePère a perdue à la mine.

C'était foutu ! La commotion qu'avait créée mon irruption dans la chambre et la dureté de mes paroles avaient agité l'air de la maison, l'onde de choc se transmettant d'une pièce à l'autre, secouant la torpeur de notre après-midi dominical sous le frémissement de la nouvelle : «Geronimo amène Angèle à la mine!»

Nous avons traversé les cuisines-salons de l'étage, suivis par une série de regards allumés les uns après les autres par l'excitation de la nouvelle, Angèle raidie par l'expectative doulou-reuse d'une autre épreuve, quelque chose d'iné-dit puisqu'elle n'était jamais allée à la mine, et moi pressant le pas pour cacher mon dépit. Au fond de l'étage, immobile dans un rectangle de lumière qui lui donnait tout son éclat, LaTommy, abandonnée à l'impuissance de sa rage.

J'avais espéré que là-bas, dans ce qui était devenu mon domaine puisque j'y cassais de la roche tous les jours avec LePère, je pourrais

amorcer une conversation amicale et désin-
volte sur les différents aspects de nos activités
et m'approcher ainsi tranquillement de son âme.
Je comptais sur la nuit sans fond de la mine, sur
cet étrange silence qui sondait tout notre être et
nous abandonnait à un sentiment de grande fra-
gilité, une impression que j'avais eue moi-même
en y pénétrant la première fois.

On y accédait par une rampe, creusée à flanc
de montagne, la lumière du jour s'amenuisant
au fur et à mesure qu'on s'enfonçait dans ce
qui n'était plus qu'une galerie, tout juste assez
grande pour accueillir trois hommes moyenne-
ment grands marchant côte à côte, et nous
débouchions dans le chantier d'abattage de
minerai. C'est là que j'espérais recevoir la vérité
d'Angèle, dans cette immense salle sculptée dans
le roc. Le silence y était plus prenant qu'ailleurs,
l'obscurité plus épaisse. Il y avait, au centre de
cette cathédrale souterraine, un point précis où la
voix, se répercutant sur les arêtes rocheuses lais-
sées entre les nombreux piliers qui soutenaient
la voûte, nous revenait en un écho démultiplié,
prenant ainsi une dimension surhumaine. J'en
avais fait plusieurs fois l'expérience et j'en avais
été profondément troublé.

Angèle est restée insensible à l'écho de ma
voix. Nous étions dans ce que j'appelais la nef
centrale de notre cathédrale et je lui expliquais
l'ingénieux système d'arcs et de piliers qui se par-
tageaient le poids des milliers de tonnes de roches
au-dessus de nos têtes. La lumière de ma lampe

de poche se promenait sur les parois rocheuses, se perdait dans les profondeurs caverneuses, revenait plus près de nous sur un autre pilier et parfois, en opérant un brusque changement de direction, une échappée de lumière venait éclairer le visage crispé d'Angèle. Elle se tenait à mes côtés, droite comme un if, fière comme une pierre, attendant que le supplice commence ou prenne fin, car elle demeurait persuadée que je l'avais amenée à une nouvelle épreuve et ne comprenait rien à toute cette mise en scène.

Je n'ai pas réussi à lui arracher un mot pendant tout le temps où nous avons été dans le chantier d'abattage. Ce n'est que plus tard, dans le tunnel, après avoir escaladé le mille pieds d'échelles qui conduisaient à notre veine de quartz, que j'ai senti la tension se relâcher.

L'endroit était impressionnant, il faut dire, pour qui n'y avait jamais mis les pieds. Un réduit minuscule, à peine suffisant pour nous loger, Angèle et moi, bordé tant à droite qu'à gauche d'un trou vertigineux, l'un servant de chute de minerai et l'autre de voie d'accès. Et au-dessus de nous, encastrée dans le schiste, la veine de quartz. Une apparition d'une blancheur éclatante dans l'obscurité des lieux.

Je ne sais si c'est l'étrangeté de l'endroit, l'intérêt suscité par la veine de quartz ou la conviction naissante que je n'avais finalement aucune intention malveillante, aucun mauvais coup en réserve… j'ai senti la résistance d'Angèle flancher peu à peu.

Je parlais à voix basse pour ne pas effrayer la fragile lueur de confiance qui me laissait espérer une véritable intimité. Elle m'écoutait avec attention et, petit à petit, elle en est venue à me poser des questions. Sur notre technique de dynamitage, sur la façon dont nous disposions de la roche stérile et, bien sûr, sur la veine de quartz.

Elle a été très impressionnée d'apprendre que nous en tirions six onces d'or la tonne.

— Tout ça pour six malheureuses onces d'or!

J'ai bien essayé de lui faire comprendre son erreur.

— Six onces la tonne, c'est une teneur extraordinaire. LePère lui-même n'avait jamais vu, n'avait jamais entendu parler d'une teneur pareille. On extrait une tonne par jour, six onces d'or par jour. Imagine ce que ça fait au bout de l'année, à trente-cinq piastres l'once.

— Et qu'est-ce qu'on en fait, de cet or?

— Eh bien, on le vend à… Bon, on le vend à un type. Il est directeur d'une mine, une petite mine d'or pas très riche. Le type n'est pas trop regardant sur le comment et le pourquoi, et il nous achète notre or à, disons, vingt piastres l'once parce que tout ça n'est pas très légal.

— Non, je veux dire, au bout du compte, à quoi sert tout cet or?

— Bien, on en fait des bracelets, des colliers, toutes sortes de bijoux, des dorures pour les statues, des dents en or, des…

— Des… (et ici, elle a appuyé délibérément sur le mot)… charmenteries, en somme.

Elle m'a soufflé, complètement estomaqué. J'aurais dû être fou furieux, mais j'étais trop impressionné par l'intelligence de cette fille pour penser à la vengeance. L'affront était sans témoins, heureusement.

J'ai fait semblant de découvrir la loupe que j'avais déposée la veille derrière un tas de roches et j'ai dit sur un ton qui cherchait à rétablir mon autorité :

— On rentre.

Je jure qu'en aucun moment je n'ai pensé à la tunique et à la blouse blanche. Ce n'est que lorsque nous sommes arrivés à la maison et que j'ai vu l'auto des parents d'une amie collégienne qui faisaient le détour par Norco pour ramener Angèle au couvent que j'en ai pris conscience. La tunique était couverte de poussière, noire et poisseuse, et la blouse n'avait de blanc que les boutons.

On nous attendait. L'amie collégienne et ses parents dans leur auto, portières fermées et glaces relevées malgré la chaleur de cette fin d'après-midi, affichant le même sourire de patience exacerbée et jetant à la dérobée un regard craintif sur la désolation des lieux. Et sur la galerie, la bruyante assemblée des membres de la tribu Cardinal qui, eux, ne se gênaient pas pour regarder les intrus carrément dans les yeux.

Angèle est allée au-devant de l'humiliation comme une reine va à l'échafaud. Droite et impassible dans son uniforme souillé, sans l'ombre d'une contrariété sur la figure, elle s'est avancée à pas lents vers l'auto, laissant tout le temps à la galerie d'admirer les dégâts, et elle s'est installée sur la banquette arrière, à côté de l'amie collégienne, le visage horrifié de celle-ci laissant imaginer la commotion que créerait l'uniforme souillé au couvent.

L'humiliation dépassait la limite du tolérable. Elle aurait pu prendre le temps d'aller se changer à la maison et revenir dans un uniforme propre, mais non! Elle avait choisi d'aller au-delà de l'humiliation qui lui avait été faite et de nous imposer la vision de l'avanie qui attendait l'une des nôtres dans le temple honni du couvent. Plus personne n'avait envie de pavoiser sur la galerie. Et moi, qui m'étais tenu à l'écart, je n'ai pu qu'admirer encore une fois l'incroyable force de caractère de cette fille.

J'ai cessé de vouloir lui arracher les secrets de son âme. J'étais blessé au plus profond de mon être. Elle avait ignoré la main que je lui avais tendue et, surtout, elle avait rendu ma vie absurde, la mienne, celle de notre père, celle d'Émilien, notre vie à nous tous, car l'extraction de la veine de quartz était une affaire de famille, et notre or le plus glorieux tribut de guerre que nous ayons soutiré à Norco. Je ne pouvais me résoudre à le voir traîner dans la fange des charmenteries.

Les épreuves qui attendaient Angèle à ses retours de couvent sont devenues, je l'admets, pure vengeance de ma part. Sans aucune gloire, cependant, car elle se réfugiait à l'intérieur d'elle-même, ne laissant à la surface qu'une image lisse sur laquelle on pouvait lire notre propre désarroi.

La force de cette fille résidait dans sa capacité de nous atteindre là où nous ne l'attendions pas. Je l'ai compris plus tard dans les conversations que j'ai eues avec Tintin.

Tintin est l'unique personne à qui je me permets de confier certains des états d'âme qui me rongent. Il est devenu une sorte d'ascète. Il vit avec ses quatre ou cinq enfants dans une bicoque au fond d'un rang. Sans femme et sans autre espoir que celui de voir ses enfants grandir.

Quand j'ai quitté Norco, je croyais que c'était pour ne plus jamais y revenir. Je n'avais pas prévu que le besoin d'aller me briser l'âme sur notre passé m'obligerait à y retourner. J'y vais tous les deux ou trois ans, l'été seulement, car la route qui y mène est impraticable l'hiver, et, pendant des heures, je me gonfle le cœur de tout ce qui peut le faire souffrir. L'air de Norco, l'espace grand ouvert au soleil, l'odeur de l'herbe chaude, les bouffées de fraîcheur qui partent d'une brèche dans la forêt et courent sur les plus cruelles couleurs du passé, et, au centre de mon regard, la maison, notre pauvre et grande maison, qui m'attend. Je me fais mon cinéma, j'appuie sur les images les plus fortes, j'enroule et déroule le fil, je m'étrangle, je me poignarde, je m'égorge, je me massacre, je m'extermine, et, quand je suis mort, quand je ne sens plus rien en moi que le fond de cet abîme vertigineux de la douleur, je reprends la route et je roule dans un enchevêtrement poussiéreux de chemins de campagne jusqu'à ce que j'aperçoive la bicoque de Tintin.

Je ne savais pas que mon errance me conduirait à Tintin la première fois que je suis retourné à Norco. Je revenais d'une mission au Tchad. Ma première mission pour la Croix-Rouge. Il y en a eu bien d'autres, au Tchad et ailleurs, jusqu'à ce que je n'en puisse plus de remplir des rapports pour la bureaucratie humaniste qui pontifie à Genève. Je fais cavalier seul maintenant. Ce qui horripile la petite communauté des boy-scouts internationaux.

Après le Tchad, la cohue des camps de réfugiés, les rues surpeuplées de N'Djamena, et ensuite la vieille Europe, j'avais besoin de grands espaces, j'avais besoin de sentir l'air vivifiant de la liberté. En descendant de l'avion à l'aéroport de Montréal, j'ai loué une auto et j'ai pris la route 117 sans me poser de questions.

Il faut croire que la barbarie des guerres fratricides dont je soigne les plaies ne réussit qu'à aviver les miennes, puisqu'au fur et à mesure que j'avance sur cette route, passé la zone de peuplement en chapelet des Laurentides, passé Mont-Laurier, dès qu'on sent l'air se piquer de l'odeur rêche des épinettes, qu'on voit le ciel s'ouvrir sur de vastes étendues d'eau tranquille et que l'âme veut aller à la rencontre de tant de grandeur, moi, la mienne, mon âme, quand elle sent l'air du Nord et l'appel des grands espaces, mon âme se resserre, car elle sait ce qui l'attend au bout de la route.

Je ne savais pas cette fois-là ce qui m'attendait. Je n'étais pas retourné à Norco depuis vingt ans. La route m'y ramenait presque à mon insu.

Les choses n'avaient pas vraiment changé. On voyait que la prospérité avait passé, mais très vite, par à-coups, laissant dans les villes et les villages quelques maisons neuves, gonflées d'orgueil, des façades refaites, des pelouses rasées de près, et pas très loin, à quelques milles, dans une échancrure de la forêt, une masure en papier-brique entourée d'un bric-à-brac épouvantable qui me ravissait, car c'était l'image que j'avais emportée avec moi et que je retrouvais enfin, l'image d'un homme vivant seul ou avec une femme aussi esseulée que lui, quelques enfants peut-être, un chien, un fusil, la pauvreté qui s'affiche, sans complexes, une vie qui défie toutes les lois de ce monde.

En arrivant au chemin de traverse que je connaissais bien, j'ai compris que Norco n'existait plus. Le chemin n'était qu'un mince ruban de terre, envahi en son centre par de longues herbes jaunes laissant de chaque côté deux ornières raboteuses dans lesquelles je me suis engagé. Et c'est en apercevant le pont couvert, au détour de la courbe qui descend lentement vers la rivière, que j'ai su que j'allais à la rencontre de ma douleur. De l'autre côté du pont, il y avait cet endroit, marqué au fer rouge dans ma mémoire, où le regard noir de LaTommy s'était abattu sur moi. «Regarde, regarde-moi, vois ce que tu as fait.» J'ai traversé le pont avec lenteur à cause des planches disjointes du tablier et de la voix qui me poursuivait. «Regarde où l'ont menée tes jeux cruels.» En sortant de la pénombre du pont couvert, je nous ai vus, Émilien, La Tommy et moi, là, en plein soleil, en plein cauchemar, dans la vieille auto d'Émilien. «Regarde-la bien maintenant. Entends son cri. Vois toutes ces tonnes de roches qui s'abattent sur elle. Regarde la chair qui se déchire, le sang qui gicle, le ventre qui s'ouvre, le cerveau qui éclate. Vois ce que tu as fait. Tu as tué Angèle.»

— Noooooooonnnn!

C'était moi qui hurlais de terreur. La vision qui m'était imposée était trop atroce. Tout mon être la refusait en même temps qu'il cherchait à s'en nourrir, à se vautrer dans l'abomination pour atteindre le paroxysme de la douleur. Je voyais Angèle mourir dans son sang, je voyais l'amas de chair et de viscères, je reprenais la scène à ses débuts, depuis le foudroiement du cri jusqu'à ce corps méconnaissable, éventré, éviscéré, broyé sous des tonnes et des tonnes de roches, et je recommençais. Il n'y avait de salut que dans ce supplice.

La Tommy est sortie de l'auto, emportant avec elle le pantalon et la chemise qui devaient mettre fin à l'horrible jeu de rôle auquel elle s'était livrée. Nous savions dès lors, Émilien et moi, qu'elle s'était chargée de sauver la famille. Ou qu'on l'en avait chargée. Nous l'avons attendue pendant que, derrière un fourré de broussailles, elle retirait la robe d'Angèle, sa petite robe fleurie du dimanche, et qu'elle enfilait le pantalon et la chemise qui allaient occulter à tout jamais la mort, ma faute, la vulnérabilité de notre famille.

Elle m'a dit en me remettant la robe :

— Je ne veux plus jamais te revoir.

Elle s'est dirigée vers Norco de son pas lent et décidé, et moi, j'ai suivi son image évanescente en me demandant si d'autres visions m'attendaient et si j'allais y survivre.

Il restait encore quelques maisons. La nôtre et celles des Larose, des Morin et, je crois, des Desrosiers. Au cours des années, j'ai vu ces maisons dépérir peu à peu. À chaque visite, il y en avait une qui s'était affaissée et une autre qui attendait le poids de l'hiver pour se reposer enfin. Il n'y a que notre maison qui ait vraiment tenu le coup avec, à ses côtés, la cabane à dynamite, sa vieille compagne.

J'ai pu, cette fois-là, entrer dans la maison. La galerie et les escaliers extérieurs étaient encore en état de me porter. Je suis allé dans chaque pièce, j'ai ouvert les portes des armoires des quatre salons-cuisines, j'ai fouillé partout, écartant les toiles d'araignée, chassant les souris qui avaient fait leur nid dans ce qui leur avait été abandonné — des sommiers défoncés, des fouillis de cartons, de vêtements et d'objets sans nom —, et, quand j'ai voulu descendre à la cave, mon cœur n'en pouvait plus. J'avais épuisé tout ce qu'il était possible de souffrir. Je suis resté devant le grand trou noir qui s'ouvrait devant moi, incapable de faire le pas qui m'y aurait précipité ou de me retirer de la contemplation à vide de ce que le faible rayon de lumière ensommeillée venant du soupirail me permettait de deviner : sur le sol de terre battue, des blocs de ciment, des débris de l'escalier, et, sur le mur ouest, l'établi de notre père au-dessus duquel pendouillaient les planches qui lui avaient servi d'étagères.

Je ne me souviens pas d'être sorti de la maison. Je me souviens seulement de m'être retrouvé étendu de tout mon long sur le flanc de la montagne et de ce long cri qui s'échappait de ma gorge.

J'avais dû m'y rendre en auto car en me relevant, je l'ai aperçue en contrebas, la réverbération du soleil sur le métal m'atteignant entre les broussailles qui avaient envahi le chemin de la mine.

J'avais un goût de sang et de larmes dans la gorge, l'impression de m'être brisé tous les membres dans un corps à corps avec des forces invisibles, j'étais bouleversé, complètement paniqué à l'idée d'avoir perdu conscience pendant tout ce temps. L'auto de location qui étincelait au soleil m'est apparue alors comme mon unique bouée de sauvetage.

Je me suis enfui de Norco sans me détourner une seule fois et sans me demander où me conduirait ce coup de folie, me contentant d'appuyer sur l'accélérateur, ne pensant à rien, sinon à m'éloigner le plus possible de ces lieux. J'avais pris la petite route qui évite le pont couvert, de peur de rencontrer une autre fois le fantôme de LaTommy, et je roulais à fond de train dans des chemins de campagne revêches et isolés qui semblaient ne mener nulle part.

Les premières habitations n'ont commencé à apparaître qu'après que j'ai eu moi-même senti un certain retour à la vie, mais je ne reconnaissais ni les gens, ni les maisons, ni même le chemin. Il m'a bien fallu admettre que j'étais perdu dans le pays qui m'avait vu naître. «Perdu au pays des culs-terreux», me suis-je dit avec ironie.

J'ai laissé l'auto s'engager dans des chemins de rang qui s'entrecroisaient, s'étiraient, se perdaient dans de longues enfilades poussiéreuses et finissaient par tous se ressembler, et je me suis trouvé là où devait me conduire ma fuite échevelée.

La maison ne portait pour tout revêtement que ce triste papier noir goudronné qui bâillait par larges pans ouverts aux intempéries. Petite et de forme carrée, sans aucune coquetterie, même pas un perron à la porte, elle semblait être sortie de terre comme le plus humble champignon des bois et ne pas se soucier des regards, à l'ombre des grands saules qui l'entouraient généreusement. Un peu partout entre les arbres, des remises dégorgeant leur trop-plein dans l'herbe, des cris enjoués d'enfants, la frimousse de l'un d'eux venu s'étonner de ma présence, et puis un autre, contemplant avec plus de hardiesse l'inconnu au volant de l'auto immobile, et enfin le chien, aboyant comme un petit soldat.

Je m'y étais arrêté, attiré par l'image plaisante qu'elle offrait et de l'écho lointain qu'elle éveillait en moi, sans savoir que j'y trouverais le havre de paix dont mon âme avait un si âpre besoin, mais d'abord parce que la maison était située au bout d'un rang, dans un cul-de-sac, et que je n'avais d'autre choix que d'interrompre ma course.

— Papa, il y a quelqu'un…

L'homme fendait du bois devant une remise et il a regardé longuement dans ma direction avant de laisser sa hache pour venir vers moi.

À quel moment ai-je senti la présence lumineuse de Tintin dans cet homme sombre et lourd? Il avançait vers moi d'un pas qui se faisait de plus en plus hésitant au fur et à mesure qu'il approchait de l'auto et, quand il s'est penché sur la portière, il y a eu cet instant où tous les deux, d'un même mouvement, nous avons eu cet élan l'un vers l'autre avant même que nous ne puissions dire qui était cet homme qui nous tendait la main et souriait comme un bienheureux.

Nous sommes restés ainsi, figés dans cette formidable poignée de main, incapables de nous en dégager, jusqu'à ce que le piaillement des enfants qui jouaient tout autour nous ramène à la réalité. Il y a eu alors un long moment d'hésitation. Il fallait dire quelque chose, nous saluer de quelque façon, mais les mots restaient accrochés à nos lèvres, intimidés par la grâce de cet instant. Je sentais la nécessité de rompre ce silence, en même temps que je voulais prolonger la beauté pure de l'émotion qui nous unissait, et je n'ai finalement rien trouvé d'autre à lui dire en guise de salutation :

— Comment va LaMère ?

Et lui, tout aussi empêtré, m'a fait pour réponse :

— Entre donc. On va prendre une bière.

C'est ainsi que je suis entré dans l'univers de mon frère Tintin, un monde étrange, peuplé de rires d'enfants et de figures grimaçantes, un monde dans lequel il évolue avec aisance, habitué à côtoyer les bonheurs d'une vie tranquille et les aspérités d'une âme brisée. Il habite cette adorable petite maison sous les saules avec ses cinq ou six enfants — lui-même ne fait pas le compte de ceux qu'il a engendrés et ceux qu'on lui a laissés. «Je n'ai jamais su y faire, avec les femmes. Elles arrivent, s'installent, et sans même que j'aie le temps de dire ouf! elles sont déjà parties.» Il vit d'un peu de prospection, de coupe de bois et de trappe. «Les enfants s'arrangent avec le reste», m'a-t-il dit en désignant le désordre de la cuisine.

Nous avons parlé pendant des heures et des heures. De sa vie, de la mienne, de ce qu'il était advenu des uns et des autres, de Norco. Il y avait eu enquête après l'explosion. Des policiers étaient venus, avaient interrogé tout le monde, et s'en étaient retournés avec leurs tonnes de soupçons et pas une once de preuve contre nous. La ville s'est très vite désagrégée par la suite. Les culs-terreux avaient compris qu'il n'y avait pas d'avenir pour eux dans cette ville et ils sont partis les uns après les autres, emportant leur maison quand elle voulait suivre ou l'abandonnant sur place. «On n'a plus rien brûlé. Ce n'était plus intéressant. Et puis, il fallait bien se garder quelque chose. Il ne restait presque plus rien.»

— Et LePère?

Notre père s'était remis à la prospection. Pas plus chanceux qu'avant, il n'a rien découvert pendant cette période, mais il était redevenu prospecteur, il avait retrouvé son âme. Savait il ce qu'il était advenu d'Angèle? Oui, il le savait. Je n'avais pas besoin de poser la question à Tintin, je pouvais deviner à sa façon d'éviter le sujet que la disparition d'Angèle avait pesé sur la vie de toute la famille. «Plus rien n'était comme avant.» Il a répété je ne sais combien de fois cette phrase.

Il n'y a, semble-t-il, que LeFion qui ait vécu ces années noires sans s'en inquiéter. «Une tête heureuse.» Il n'est bientôt resté que lui et LaPucelle avec nos parents. Norco se dépouillait. Les deux hôtels ont été retirés de leurs fondations, déposés sur d'immenses fardiers, et s'en sont allés poursuivre leur vie débraillée ailleurs. L'église est devenue la salle paroissiale de Huraut, et les écoles ont été démantelées brique par brique. Quand ils se sont retrouvés seuls sur leur île, il a bien fallu que LePère consente à lever l'ancre.

— Tu n'as pas idée du nombre de paniers de roches qu'on a sortis de cette cave-là!

Le gros rire sonore de Tintin est venu m'arracher à la vision que je me faisais des adieux déchirants de notre père à sa ville. Je l'imaginais, pauvre homme, sur la butte où était érigée notre maison, surveillant les opérations de déménagement, veillant à ce qu'aucun de ses échantillons de roche ne se perde dans tout ce transbahutage. Seul dans ses pensées malgré le va-et-vient autour de lui, il voyait sa ville, la ville qu'il avait fait naître, sombrer dans ce qui ne serait bientôt qu'un amas de souvenirs informes. Avait-il jeté un dernier regard à la mine? Avait-il eu une dernière pensée pour Angèle?

Le récit de Tintin était ponctué de ces gros rires débonnaires, étranges chez un homme aussi sombre, et qui venaient alléger la conversation. À peine s'était-il lancé dans l'un de ces éclats d'hilarité que je le voyais me glisser un regard inquisiteur.

— Tu y es allé? Tu arrives de là?

Je lui ai décrit ce que j'y avais vu sans lui raconter ce qui m'était arrivé.

— Et toi, tu y retournes de temps en temps?

— Non. Jamais.

Nous savions tous deux ce que ce refus signifiait.

— Tu n'es pas responsable..., ai-je commencé.

J'aurais voulu continuer, j'aurais voulu lui expliquer, mais il y avait entre nous un vaste continent que nous n'avions pas encore traversé. Il nous faudrait attendre d'autres rencontres pour que nos âmes soient prêtes à recevoir ce qui devait être dit.

Nous avons parlé encore pendant des heures et des heures. Les enfants, parmi lesquels il y en avait d'assez grands, avaient préparé le souper. Et ce n'est qu'à l'apparition des premières ombres de la nuit que je me suis avisé qu'il me faudrait quitter la délicieuse petite maison de mon frère où je sentais déjà que je m'étais fait un nid.

Nous n'avons plus abordé que des sujets inoffensifs, les culs-terreux, la guerre, la politique, et la religion qui nous inspirait le même mépris horrifié qu'autrefois. Nous nous retrouvions tels que nous étions, deux frères, deux Cardinal que la vie avait séparés et qui s'indignaient à l'unisson. Aussi, quand est venu le temps de faire nos adieux, je croyais que nous les ferions à la Cardinal, sans effusions, avec une boutade prête à accueillir la moindre saillie d'émotion et une vigoureuse poignée de main.

Tintin a attendu que je sois installé dans l'auto, probablement parce qu'il n'espérait pas de réponse à sa question. Le moteur était déjà en marche et il s'est glissé la tête dans la portière, son visage tout près du mien, et il m'a demandé, comme si de toute la journée et de toute la soirée, nous n'avions eu que cette question au bout des lèvres :

— Tu le sais, toi, ce qu'elle faisait là ?

Ce qu'Angèle faisait à la mine ce jour-là, je l'ignorais, je n'en avais pas la moindre idée, et si Tintin m'avait posé la question, c'est que personne n'en avait la réponse, elle était morte avec son secret. Je suis parti avec la conviction qu'il me faudrait revenir, que je ne pourrais résister à l'envie de venir creuser l'énigme d'Angèle avec le seul de mes frères avec qui je pouvais parler librement. Sa petite maison allait devenir, au fil des ans, l'endroit où je déposerais mon fagot de douleurs.

Le miroitement du soleil sur les toits de tôle de ses remises est un guide sûr. Dès que j'aperçois ces échappées de lumière entre les saules, je suis de nouveau séduit par l'image qui m'avait amené à m'y arrêter la première fois. Tintin bâtit ses remises à la façon de notre père.

— Je ne retourne plus à Norco, m'a-t-il dit à notre rencontre suivante, depuis qu'on n'a plus besoin de moi. Je me suis installé ici, tout près, bien avant que LePère ne se décide à quitter Norco. J'étais leur homme de service. Il leur fallait bien quelqu'un, il n'y avait plus rien. Et maintenant, il y a tous ces enfants...

Il n'allait pas à Norco mais, à partir du moment où il s'est mis à espérer mes visites, il a entrepris de maintenir le pont couvert en état. Je reconnaissais la main invisible qui avait remplacé les planches du tablier, solidifié les solives, réparé les chevrons. Il m'attendait d'une année à l'autre et si la barbarie me retenait trop longtemps à l'autre bout du monde ou si le cœur refusait d'aller s'abîmer à Norco, et que j'espaçais mes visites de quelques années, je savais que l'attente avait été longue. « Je pensais que tu étais mort quelque part dans une de tes guerres », disait-il, mi-goguenard, mi-sérieux, en m'ouvrant sa porte.

Je n'ai pas eu d'autres visions. LaTommy ne m'est plus apparue au détour du pont couvert. Il n'y a que la présence d'Angèle qui soit tangible, sous la montagne, là où je vais m'échouer, étendu de tout mon long, à l'écoute d'une plainte qui lui échapperait, d'un aveu qu'elle voudrait me faire. Qu'est-ce que tu faisais là, bon Dieu, veux-tu bien me le dire? Pourquoi a-t-il fallu que tu sois là? Silence. La montagne garde son secret et je me meurs, je crie, je pleure, je m'arrache le cœur.

J'essaie de retarder le moment où je me retrouverai sur la montagne. J'erre dans ce qui a été des rues pavées et éclairées et qui n'est plus que sentiers dallés de maigres plaques d'asphalte. Je vais d'une maison à l'autre, d'un amas de décombres à l'autre, je cherche parmi les quenouilles desséchées l'endroit où nous allions pêcher la truite, je cherche un endroit d'où pourrait surgir un souvenir agréable et je reste un long moment devant notre maison.

Depuis ma première visite, les escaliers extérieurs se sont écroulés, le plancher de la cuisine s'est effondré, je n'ose plus y entrer. Dans l'ensorcellement des souvenirs qui m'assaillent alors, je voudrais revoir LeGrandJaune et sa tignasse de corsaire, je voudrais revoir Matma, le si mal nommé, je voudrais revoir Zorro, mais ce ne sont que souvenirs exsangues, des images aux contours mal définis, alors que ce qui m'attend sous la montagne est de chair et de sang.

J'aurais surtout aimé revoir notre mère. Elle est vieille maintenant et toujours aussi perdue dans la confusion de ses pensées. Tintin m'en a fait un triste portrait. Je ne peux pas l'imaginer dans un bungalow surchauffé, sans enfants autour d'elle et cuisinant pour des bouches anonymes, des travailleurs bénévoles venant chercher, m'a-t-il raconté, les énormes potées qu'elle ne peut s'empêcher de préparer et qui échouent dans les assiettes de ceux qu'on appelle ici les démunis.

Je ne peux pas croire qu'elle soit restée tout ce temps dans l'ignorance de ce qui s'est passé.

Comment une femme comme elle pourrait ne pas sentir dans sa chair qu'il lui manque un enfant? Comment pourrait-elle ne pas avoir entendu le cri déchirant d'Angèle sous l'avalanche de roches? Comment l'absence d'Angèle pendant toutes ces années aurait-elle pu étouffer ce cri? Notre mère, malgré la grande fatigue de tous ces enfants qui naissaient les uns après les autres, était présente à chacun de nous. Je le sais, moi qui attendais l'instant sublime où son regard se poserait sur moi, à table quand elle nous servait et faisait le compte de ses enfants, la nuit quand elle allait d'un lit à l'autre et que, ô bonheur des anges, je la sentais se pencher sur mes angoisses de la journée. Je sais qu'aucun recoin de mon âme ne lui était inconnu. Comment Angèle aurait-elle pu lui cacher sa mort?

C'est d'ailleurs ainsi que je voudrais que Norco me redonne ma mère. Belle, nonchalante, à demi assoupie au pied du lit où je l'attendais, soulagée du poids de la journée qui vient de s'éteindre, possiblement heureuse. C'est l'image que je cherche à faire revivre.

— Pourquoi ne vas-tu pas la voir?

Il me suffirait d'arrêter à Val-d'Or, de me rendre rue des Trembles, près du centre commercial, et de sonner à la porte. LaMère m'ouvrirait grand ses bras. Et LePère, Tintin, tu n'y as pas pensé?

— Eh bien, quoi, LePère?

LePère saurait en un rien de temps ce qui s'est passé à la mine. On l'a cru perdu dans ses rêveries, insensible aux bruits de la maison, complètement givré par son obsession de la roche, mais moi, je sais qu'il avait une intuition redoutable et qu'il gérait sa dynamite avec la minutie d'un caissier de banque. Je l'ai appris à mes dépens la fois où je lui ai pris un bâton de dynamite pour faire mon numéro devant la petite (comment s'appelait-elle déjà?) qui menaçait mes amours avec la belle Nicole aux yeux de tzigane.

— La fois où tu as fait frémir les tétons de la directrice de l'école?

Tintin était alors trop jeune pour vraiment se souvenir de cette histoire, mais elle lui avait été racontée si souvent qu'il en connaissait tous les détails, sauf la finale qui n'est connue de personne, même pas de LaPucelle, malgré l'importance qu'elle se donnait dans cette maison.

Le fin mot de l'histoire, c'est que cette cartouche de dynamite que j'avais portée sur ma poitrine pendant toute la journée m'avait rendu malade et que LePère le savait quand il est monté à la chambre où je me tenais la tête à deux mains. «C'est la nitroglycérine, m'a-t-il dit d'un air doucereux qui montrait bien plus d'ironie qu'il n'en voulait laisser paraître. Le bâton que tu as pris a été attaqué par l'humidité. Tu n'as pas remarqué que le papier était taché, comme s'il avait reçu de grosses gouttes d'huile? C'est la nitroglycérine qui a passé au travers du papier ciré et qui t'a donné ce mal de tête. Quand on n'est pas capables de reconnaître la mauvaise dynamite de la bonne, mon garçon, on n'y touche pas.»

— Il savait que je lui avais chipé une cartouche dans la cabane à dynamite, une cartouche! et il savait laquelle, il la connaissait quasiment par son petit nom.

— Et tu crois…

— Je ne crois pas, j'en suis certain. Il est beaucoup plus habile qu'on pense. En parlant de la pluie et du beau temps, l'air de rien, il m'emberlificoterait de la belle façon, et sans même que je m'en aperçoive, on en viendrait à parler de l'explosion et j'aurais répondu à ses questions. Il saurait le nombre exact de bâtons de dynamite que j'avais utilisés, ferait la différence d'avec ceux qui lui étaient restés dans la cabane et il devinerait le reste.

— C'est donc pour ça que tu n'es jamais allé le revoir, pour qu'il ne sache pas que j'étais avec toi ce jour-là?

— Écoute-moi bien, c'est moi qui ai pris la décision de dynamiter la mine, c'est moi qui suis responsable de ce qui s'est passé ce jour-là, moi seul, il est inutile qu'on soit deux à porter cette responsabilité.

Quand nous en sommes là, à cette responsabilité que je refuse de partager, les yeux de Tintin s'agrandissent, ils deviennent presque translucides sous l'effet de la colère.

— Je ne suis plus le jeune morveux que tu menais par le bout du nez. Tu ne peux pas continuer à me dicter ce que je dois penser et ne pas penser. Il n'y aura donc jamais de fin à tout ça !

À le voir si malheureux, je me dis parfois qu'il aurait mieux valu laisser la vérité se démener toute seule. J'aurais fait de la prison, Tintin aussi probablement, peut-être aurions-nous été dans la même cellule, et nous en serions sortis maintenant. Nous aurions expié notre faute ensemble, et ensemble nous serions allés demander pardon à Angèle. Cela aurait mieux valu que la solitude, moi courant d'une guerre à l'autre dans l'espoir hasardeux d'une balle perdue, lui retiré au fond de ses terres, cultivant la pauvreté et l'abnégation, et les autres, El Toro, Magnum, La Pucelle, La Tommy, leurs vies ne valant guère mieux. Que dire du Fion, ce pauvre garçon qui sait confusément qu'un secret lui glisse sous les pieds et qui va de l'un à l'autre, en quête d'un passé qui lui a été dérobé ? Aurions-nous pu nous forger un petit bonheur tranquille si nous avions accepté de vivre notre malheur au grand jour ?

— Il n'a jamais été question de bonheur dans cette famille. On ne peut tout de même pas se désoler maintenant de ne pas y avoir eu accès.

Les jugements de Tintin sont d'une limpidité désarmante. À vivre ainsi dans un fond de rang avec pour seule compagnie des enfants qui ne lui demandent rien ou si peu — du pain sur la table et la liberté de courir à travers champs —, il a eu amplement le temps d'observer ses pensées et d'en faire le tri.

— La pauvreté, tu sais, est une grande liberté. Quand on n'a pas à se battre pour la richesse et le pouvoir, il nous reste l'essentiel et c'est bien assez pour occuper une vie.

— Et qu'est-ce que tu vois du haut de ton nirvana de pauvre?

— Je vois qu'on s'est embrouillé le cœur et l'esprit.

— Ce qui veut dire?

— Ce qui veut dire qu'il serait à peu près temps que tu me libères.

Nous avons eu cette conversation à ma dernière visite, il y a tout juste deux mois.

Nous nous rencontrons ainsi, de façon épisodique et avec la même ferveur, depuis dix ans, et je m'étais fait une image un peu idyllique de ce frère perdu et retrouvé, libre de toute attache, pauvre, «magnifiquement pauvre» comme dit LeFion qui s'émerveille encore de l'époque où nous étions les maîtres de Norco et qu'il essaie de retrouver dans le silence obstiné de Tintin.

— Les autres viennent aussi me voir de temps en temps et ils ont tous ce même regard quand ils voient le dénuement dans lequel je vis. Comme si j'étais gardien de quelque chose qui leur est très précieux. Ma pauvreté n'est ni orgueil ni renoncement. Je suis tout simplement incapable de vivre.

Moi aussi, j'ai admiré la pauvreté de Tintin. Jusqu'à ce que je comprenne qu'il était profondément malheureux. À cause de moi. Du silence auquel je l'obligeais. De son âme qui restait prisonnière tant que je lui refusais le droit de partager la responsabilité de la mort d'Angèle.

Nous nous sommes quittés le cœur brouillé. Avant de partir, je lui ai bredouillé ce que je lui avais expliqué tant de fois et qui, je le sentais bien, ne valait plus.

— On a bien assez d'un coupable. Il est inutile qu'on s'incrimine les uns les autres.

Et lui, plus triste que jamais :

— Encore et toujours tes idées de grandeur. Le Grand Geronimo se promène de par le vaste monde avec une peine immense qu'il ne peut déposer nulle part et qu'il savoure avec tous les honneurs de la guerre. Que ferais-tu sans ce bouclier ?

Je suis retourné à Grozny. Doudaïev venait tout juste de désavouer l'accord de désarmement. Le camp indépendantiste était divisé. Une vingtaine de blessés m'attendaient. Je me suis remis au bistouri.

Et puis, il y a eu le téléphone d'ElToro.

Je ne sais toujours pas ce que je suis venu faire à ce congrès. Après l'agitation des retrouvailles, nous nous sommes retrouvés dans une étrange irréalité, personne ne sachant comment se refaire un équilibre dans la pagaille des émotions. Nous

nous recherchons dans la foule des géologues et des prospecteurs cravatés, tout en pensant que nous nous évitons. Les groupes de Cardinal se font et se défont comme des dunes de sable au vent. Et Tintin traîne dans les corridors, plus malheureux que la pierre, attendant que je consente à lui redonner sa part de vérité.

La vérité n'est pas là où on la croit.

Je me dis que s'il n'y avait pas eu ce fameux dimanche où je l'ai amenée à la mine, Angèle n'aurait jamais su comment s'y rendre. Elle serait vivante aujourd'hui.

Ce congrès est une lutte de tous les instants. Je ne sais pas ce qui est le plus difficile. Retenir ma rage, refréner ce bouillonnement qui réclame libération ou entretenir le plaisir de les voir souffrir de ma présence. Comment puis-je vouloir tout cela quand, tout près de moi, le regard usé de notre mère fait régulièrement le tour de sa nichée à la recherche d'une vérité qui lui échappe?

Nous en sommes à notre deuxième journée de congrès. Dans quelques instants, on remettra la médaille de prospecteur émérite à notre père et l'épreuve sera terminée, je pourrai retourner d'où je viens et retrouver la douceur du silence. Les mots, ici, sont coupants comme la roche. Je n'ai plus l'habitude de ces conversations qui vous mitraillent de paroles inutiles.

On nous a rassemblés dans une pièce attenante à la grande salle où se déroule la cérémonie. Ce n'était pas prévu. Il n'a jamais été question que nous montions sur scène avec notre père pour la remise du prix.

— C'est inespéré, a expliqué le type de l'Association des prospecteurs qui nous a conduits dans la pièce. C'est la première fois qu'un de nos membres émérites se présente avec toute sa famille. Il ne faut pas manquer ça. Une famille aussi nombreuse! Ça va nous faire une belle photo.

Le malheureux ne savait pas à quel huis clos infernal il nous condamnait!

Pour la photo, pour l'immortalité de leurs archives, nous allons devoir supporter la promiscuité de nos pensées. La pièce n'est pas si petite, il y a amplement d'espace pour nous permettre de circuler parmi les chaises en désordre, d'échapper aux amorces de conversation, à la lourdeur des silences, de nous asseoir un peu à l'écart, dans un des fauteuils de faux cuir qui se donnent de grands airs au fond de la pièce, et puis de nous lever et de faire semblant que nous avons envie de méditer devant les paysages accrochés au mur ou devant l'épaisse forêt d'épinettes qui se donne en spectacle par les larges fenêtres qui courent sur le mur opposé. Mais le temps s'étire, les pensées crient leur impatience, quand viendra-t-on nous libérer de cette pièce?

Notre mère est la seule qui échappe à la tourmente. Elle est assise bien sagement sur une chaise droite, au centre de la pièce, et elle n'a pas bougé d'un cil. On pourrait la croire endormie. Les mains l'une dans l'autre, abandonnées dans les replis de sa robe, une horreur mauve à petits pois, sans doute une idée de LaPucelle, qui est habillée dans les mêmes tons. On lui a relevé les cheveux en un chignon compliqué et l'on voit, sous les fins sillons de cheveux blancs, le crâne rose, dégarni. Cela fait peine à voir. On dirait un oisillon abandonné à la pluie, presque nu sous les minces fils de duvet lissés sur la peau grenue. De temps en temps, le chignon s'anime, balance de gauche à droite, de droite à gauche, et notre mère fait le tour de la pièce de son regard absent. Elle est épuisée.

LePère est à ses côtés. Ou plutôt à côté du cendrier sur pied, le seul qu'il y ait dans cette pièce. Il fume cigarette sur cigarette. Est-ce la cérémonie qui l'attend ou la nervosité ambiante qui le rend si inquiet ?

Il n'a pas cessé de dire depuis le début du congrès que cette médaille est un trompe-l'œil, de la rigolade inventée pour les prospecteurs à canot. Il les appelle aussi les touristes ou les villégiateurs et il les a en horreur. Ce sont les prospecteurs qui pagaient tranquillement sur les lacs et les rivières, la main en visière au-dessus des yeux, cherchant un endroit où installer leur tente pour la nuit, prospecter un peu autour, là où d'autres ont déjà campé et prospecté, à la queue leu leu comme des canards de la même couvée. Des flemmards d'eau douce. Alors que lui est un prospecteur de fond de terrain.

— Oui, mais, la médaille, c'est pourquoi au juste ?

Il s'est laissé asticoter par ses fils tout au long de ces deux jours.

— Si c'est pour le gisement de Norco, tu devrais leur dire qu'une médaille posthume aurait aussi bien fait l'affaire.

Nous avons toujours eu un tel mépris des honneurs que, maintenant que nous voilà réunis pour une de ces démonstrations de vanité publique, il nous faut bien trouver une façon honorable d'y échapper.

Les moqueries et les boutades au sujet de cette médaille ont permis que le temps passe sans trop de remous. Il n'y a pas eu de drame, pas de règlement de comptes, aucun éclat, rien que des silences lourds et des regards obliques.

Cette médaille va encore une fois nous permettre de survivre à nos pensées. Les plaisanteries viennent de reprendre. C'est LeGrandJaune qui a lancé la première.

— Ce n'est pas tout d'avoir une médaille. Il va falloir lui trouver une place dans ton sous-sol, faire un peu de ménage dans tes roches.

— Bien plus que ça, il va falloir l'encadrer, lui dresser un autel, lui donner une place d'honneur. Cette médaille-là est bénie par le président de l'Association des prospecteurs en personne.

— À genoux tout le monde devant la médaille du prospecteur émérite. Ora pronobis, miserere et tutti quanti, la messe ne fait que commencer.

LePère sourit timidement. Il aime l'impertinence hâbleuse de ses fils. Il essaie de répondre sur le même ton, mais il n'a jamais su.

— Et maintenant, vas-tu nous le dire pourquoi ils te donnent cette médaille?

Un éclair malicieux passe dans ses yeux et il dit :

— Vous ne me croirez peut-être pas mais... c'est pour avoir prospecté à côté de la chance.

Il sait qu'entre nous, nous lui reprochions, tendrement peut-être, mais quand même sur un mode incriminant, d'avoir le pic plus rêveur que sondeur de richesses. Pas plus que lui nous ne rêvions de beaux vêtements et autres vanités, mais nous aurions aimé une victoire de temps en temps. Nous aurions voulu le voir arriver le soir, après sa tournée de prospection, et nous annoncer fièrement qu'il venait de découvrir un gisement extraordinaire. Au lieu de quoi il n'avait que sa fatigue à offrir et l'espoir du lendemain. Nous disions alors qu'il prospectait à côté de la chance. Nous ne pensions pas que l'expression lui était connue.

C'est une douce victoire sur l'impertinence de ses enfants et il la savoure en souriant de ses yeux plissés.

— J'ai prospecté à côté de la chance toute ma vie, dit-il encore en souriant plus largement. C'est beaucoup plus vrai que ce que vous pensez. Toute ma vie, à part le gisement de Norco, mais ça, c'est une autre histoire, toute ma vie finalement, j'ai prospecté là où le filon commençait.

Le frêle chantonnement de la voix de notre père a toujours été un événement dans notre vie. Il parlait si peu. Il n'y avait qu'avec les gens de mine que sa voix s'animait.

Alors, de l'entendre nous tenir un discours qui

s'annonce long et riche nous a tous rapprochés de lui, au centre de la pièce. Même moi qui ai fui les contacts compromettants pendant le congrès, j'abandonne mon poste d'observation devant l'une des fenêtres et je rejoins la petite foule qui s'est massée autour de nos parents. Magnum et Yahou se sont écartés pour me faire une place.

— Oui, toute ma vie. C'est devenu connu. Le mot s'était passé. Cardinal a le don de trouver des queues de filons, qu'ils disaient. Au Bureau des mines, on se bousculait pour réserver les claims à côté de ceux que j'avais choisis. Ça n'était pas long que je les voyais arriver avec leur bataclan du diable.

Dans mon cou, le souffle rageur de Geronimo. Il ne supporte pas l'idée qu'on ait pu abuser de notre père. Il est tout juste derrière moi et je le sens qui s'agite au fur et à mesure que progresse le récit.

— Ils s'installaient à la limite de mes claims avec tout leur attirail de prospection. Moi, je suivais un indice que j'avais détecté rien qu'en étudiant le terrain et en imaginant ce que ça donnait en dessous. Rien dans les mains et tout dans la tête. Et je l'avais, le filon! D'abord, une petite ligne jaune dans un filet de quartz, deux cents pieds plus loin, un autre affleurement, la petite ligne s'élargissait, prenait des reflets arc-en-ciel, de la chalcopyrite à n'en pas douter, un gisement de cuivre qui s'annonçait et je le suivais pendant des semaines, à coups de pelle, de pioche et de dynamite, jusqu'à ce que le filon se révèle et que j'arrive à la limite de mes claims, là où les bâtards de prospecteurs électriques attendaient de me voir arriver pour savoir où commencer leurs travaux.

Les prospecteurs électriques, ce sont tous ceux qui courent les bois avec des magnétomètres, des fluxmètres, des gravimètres et autres inventions modernes. Les ennemis de notre père. À ses plus beaux jours de colère, il les appelait les électriciens.

— Ils t'ont volé tes découvertes?

La question d'ElToro a réveillé une vieille haine. Elle circule dans notre petite assemblée, mais ne m'atteint pas. J'ai des rancunes autrement plus dévastatrices.

— Volé n'est pas le mot qu'ils emploieraient. Ils m'achetaient mes claims. À un prix qui, ma foi...

Pendant qu'il explique le détail des transactions, je regarde notre mère, engourdie de fatigue sur sa vilaine chaise droite, mais pas complètement absente à ce qui se dit autour d'elle. En l'observant attentivement, je m'aperçois qu'elle réagit aux propos de notre père. Elle a une façon presque tendre de hocher la tête à chacun des bons coups qu'il évoque.

Il explique qu'on lui a payé les droits sur ses claims avec des parts de mine et qu'il est ainsi devenu actionnaire de toutes ces compagnies qui se sont bâti un capital à partir des filons qu'il leur a abandonnés. Certaines d'entre elles développent maintenant les tentacules de leur empire en Amérique du Sud et en Afrique.

— La médaille est une sorte de reconnaissance, dit-il.

— Pour avoir prospecté à côté de la chance, ajoute LeTaon un peu amèrement.

Les avis sont partagés sur ce qu'il faut penser. Magnum, à ma gauche, se réjouit de savoir que notre père a toute cette richesse à portée de main. Yahou croit qu'il s'est encore fait avoir. Émilien, lui, s'inquiète.

— Les actions, tu ne les as toujours pas vendues ?

Au sourire narquois de notre père, nous comprenons que ces actions sont de ces victoires intimes qu'il aime savourer en secret et qu'il les a conservées précieusement.

Moi, je n'en pense rien. Je ne suis pas venue ici pour des affaires comptables.

LeFion, debout à côté de notre mère, suit le débat sans me quitter des yeux. Je l'ai eu à mes trousses depuis le début du congrès. Il n'a pas cessé de me tourner autour, de s'interroger sur ma présence. Pauvre Fion, pauvre garçon à qui l'on a refusé la vérité et qui tourne sur lui-même, empêtré dans ses questions.

Je sens toutefois que son esprit travaille en ce moment à prendre une décision. Son regard s'est arrêté sur un point fixe, une idée qui le fortifie et qui l'amène à s'adresser à moi.

— Et toi, Angèle, qu'est-ce que tu en penses ?

Il est pétrifié par son audace. Il n'ose pas desserrer le sourire grimaçant qui lui est resté accroché aux lèvres.

La question est allée se frapper contre les murs de la pièce, personne n'en veut, personne ne veut relever la douleur qui est au cœur de l'énigme, laquelle est laquelle?, car nous avons tous la même préoccupation, notre mère, notre pauvre mère, répandue de tout son âge sur la chaise droite qui lui brise les os, et tous autant que nous sommes ici, nous savons qui est qui. Même LeFion le sait. Le sourire qu'il a encore en travers de la bouche est là pour nous le dire. Sa question est une victoire personnelle sur des années d'exclusion. Il n'y a que notre mère qui puisse en être atteinte.

Et c'est elle, notre mère, qu'on entend maintenant. Un mince vacillement de voix et la pièce s'est trouvée sans un souffle.

— Angèle est morte dans la mine. Celle que tu vois devant toi, c'est Carmelle, LaTommy.

La vérité. Enfin, la vérité. Prononcée, révélée, libérée par celle-là même qui devait en être protégée et qui nous la redonne maintenant. Oh Angèle! Combien de temps aura-t-il fallu pour qu'on te rende le droit de vivre parmi nous!

Notre père a joint sa main à celle de notre mère. Il est allé la chercher dans les plis de la robe et l'a amenée sur lui, sur sa cuisse, d'un geste lent et protecteur. C'est la première fois que je les vois unis dans une image de couple.

Elle n'est plus une vieille femme à demi léthargique écrasée dans une chaise. Elle est une présence, une force, vacillant sur de frêles remparts, mais tendue de tout son être, déterminée à ne pas laisser passer ce moment de lucidité. Car elle n'en restera pas là, nous le sentons bien, elle ne nous abandonnera pas à la fragile vérité qu'elle vient de nous livrer, elle a autre chose à nous dire. Ses yeux, agrandis par l'effort, font le tour de ses enfants, un à un, un abîme de tendresse, comme elle le faisait autrefois, et s'arrêtent sur moi.

— Angèle est morte dans la mine, tu le sais mieux que nous, Carmelle. Raconte-nous ce que tu as vu.

Comment ai-je pu être assez sotte pour croire que j'avais échappé au regard de notre mère? Cette femme nous connaît plus intimement que nous-mêmes. Elle nous a tricotés avec les fibres de son âme et reconnaît, à l'envers et à l'endroit, la maille qui file droit au cœur. Elle savait où je me réfugiais pendant tes longues absences, Angèle. Elle savait où se trouvait mon âme quand elle passait dans la chambre et qu'elle me voyait, les yeux grands ouverts dans la nuit, le corps absent à lui-même et, sur les lèvres, le sourire ébahi qui était le tien et qui me venait du bonheur de te voir vivre chez les McDougall ou au couvent. Elle était là, donc, ce jour-là, près de moi, et elle m'a vue quand j'ai eu cette vision atroce.

LaPucelle aussi était là. Comment l'oublier? Elle est une tache noire dans ma mémoire.

Elle est affolée. Elle sait ce que notre mère me demande de raconter et elle voudrait arrêter la machine du temps qui va nous ramener à cet horrible dimanche de juillet. Je vois ses yeux paniqués, dilatés par l'appréhension du pire, comme si le pire n'avait pas déjà été, et qui me supplient. Non, je ne ferai rien pour empêcher ce qui doit être. Toutes ces années à vivre avec l'image d'Angèle se mourant sous l'avalanche de roches, toutes ces années agonisant moi-même sous le poids du silence, et tu voudrais quoi? Que je me taise, que je me plie à ta loi, que j'invente un joli mensonge qui calmerait les esprits? Non, le temps où tu régnais sur nos consciences est fini, l'heure est à la vérité, tu ne peux plus agiter le spectre d'une mère affligée de douleur et la déchéance d'une famille. Il n'y a plus rien au bout de ton bâton que la honte d'avoir laissé mourir notre sœur.

J'ai dix paires d'yeux, vingt paires d'yeux, je ne sais plus, braquées sur moi. Ils se sont massés en une petite foule compacte et ils attendent que je me décide à parler.

Je ne sais par où commencer. Les années ont été tellement longues, et le silence tellement lourd.

Tootsie s'est glissée jusqu'à notre mère et elle a défait le misérable chignon qui tendait la peau de son visage et durcissait ses traits, libérant ses cheveux en deux gerbes blanches qui se répandent sur ses épaules. Un peu plus et j'aurais l'impression qu'elle va se lever de sa chaise, un doux flottement de robe de nuit frissonnant dans la pénombre de la chambre, et qu'elle va venir à moi, penchée au-dessus de mes rêves, et que je vais pouvoir enfin laisser reposer mon âme. Et c'est à la douce apparition de cette image nocturne que s'adressent les mots retenus depuis tant d'années.

— Je l'ai vue mourir, maman. Je l'ai vue comme je te vois. Ce n'était pas une vision, je n'ai pas été prise d'hallucinations, j'ai véritablement été transportée dans la mine, et je l'ai vue, je l'ai sentie, j'étais là, à côté d'elle, en elle, je suis morte avec elle.

Et je raconte. Le retentissement de la première détonation, la maison qui se vide, tout le monde qui court à la mine, et moi, je suis là, à l'étage, dans la chambre verte, clouée au mur, paralysée par l'horreur.

— Angèle a senti la force qui prenait de l'expansion dans la roche. Avant même qu'elle ne rugisse et qu'elle ne s'abatte sur elle, elle a senti la force de l'explosion. Et elle a crié, crié, crié. J'ai crié moi aussi quand je l'ai entendue. Crié à m'arracher le cœur.

» Elle était dans le chantier d'abattage, près du pilier central, et elle a vu le toit de la mine s'ouvrir au-dessus d'elle. Très clairement, dans le noir le plus complet, comme un film qui se déroule au ralenti, elle a vu le roc se fendre de part en part au-dessus d'elle, les masses de roche se détacher les unes des autres, et entreprendre leur chute. En l'éclair d'une seconde, elle a vu les aspérités et les arêtes de chaque roche qui allait s'effondrer sur elle et, au bout d'un long tunnel, l'œil de la mort qui l'attendait.

» J'ai entendu ses os se briser. J'ai senti l'odeur de son sang. J'ai vu son cœur, ses poumons, sa cervelle. Mais déjà, elle n'était plus là. Elle est morte avant d'avoir reçu la première roche.»

Je l'avais vue s'enfuir par le long tunnel où son âme avait trouvé refuge et qui, je le sentais de toute ma douleur, m'était interdit. J'ai crié pour la rappeler à moi, pour forcer les portes de la mort, l'obliger à me redonner mon Angèle, m'emmener vers elle.

— Elle est morte avant d'avoir souffert? Tu en es certaine?

C'est la mince consolation à laquelle s'accroche notre mère. Elle s'est hissée sur le bord de sa chaise et attend que ma réponse vienne la délivrer des eaux tourbillonnantes du doute.

— Je te le jure, maman, Angèle n'a pas souffert, elle n'a pas senti le moindre mal, elle est morte de frayeur, elle est morte avant que la première roche ne lui tombe dessus.

Je viens de me rendre compte que je l'ai appelée maman, un mot qui, s'il s'est glissé dans nos conversations intérieures, n'a traversé les lèvres d'aucun d'entre nous, un mot trop imprégné d'un sentiment d'appropriation pour être prononcé dans une maison comme la nôtre.

Personne n'en a relevé l'incongruité. Ils sont sous le choc, ensevelis sous un magma d'émotions, anéantis par un flot d'images qui se rappellent à eux sous des aspects qu'ils ne pouvaient même pas soupçonner.

Je suis seule face à eux, seule comme je l'ai

toujours été. Dans la masse grouillante de mes frères et sœurs, pressés les uns contre les autres, il n'y en a aucun qui me tendra la main. Je suis seule et je ne m'aplatirai pas, je ne me tairai pas. Puisqu'on me demande de parler, je dirai tout, à commencer par la grande manigance de LaPucelle, la machination qu'elle a mise en œuvre et qui nous a écrasés sous un silence dont personne n'est sorti indemne —même pas Geronimo, celui que tu as voulu soustraire à la vindicte des culs-terreux et à sa propre justice. Regarde-le, il n'a pas fière allure, notre héros de guerre. Il se consume dans des souvenirs qui lui brûlent jusqu'à la prunelle des yeux. Regarde autour de toi, vois ce que tu as fait, nous avons tous ce même regard de zombi, nous brûlons tous au même feu. À quoi t'aura servi de nous avoir obligés au silence ?

— LaPucelle était là, devant moi, dans la chambre verte. Je ne la voyais pas, j'étais tout entière à la vision d'Angèle sous le dôme du chantier d'abattage, mais je l'entendais à travers le vacarme des roches, j'entendais sa voix qui me demandait : «Qu'est-ce qu'il y a? Qu'est-ce qui se passe?» et j'entendais ma propre voix qui lui disait : «Angèle... Angèle est dans la mine. Dans le chantier d'abattage. À côté du pilier central... Noooooonnn!» Les images s'abattaient sur moi avec force. Chaque roche qui venait se fracasser sur Angèle, je la recevais dans ma chair, plaquée contre le mur de la chambre, et, à chacune, je criais : «Sauve-toi, Angèle!», mais où aurait-elle pu aller, puisqu'elle était déjà morte et qu'il n'y avait nulle part où aller ? Et quand je l'ai sentie se laisser emporter dans un long tunnel étourdissant de lumière, j'ai voulu m'élancer à sa suite, m'arracher au mur qui me retenait prisonnière, et c'est alors que j'ai vu LaPucelle qui me tenait à deux mains et me secouait comme une déchaînée. Elle hurlait : « Vas-tu te taire ! Mais vas-tu te taire à la fin ! »

— Je voulais empêcher la folie de s'en prendre à toi. Tu aurais dû te voir. Tu étais hystérique. C'était une vraie pitié de te voir.

Elle se débat, elle se défend contre sa vérité. Elle sait ce qui s'en vient. Cette femme est butée comme un âne. Elle ne lâchera pas aussi facilement le morceau. Elle croit encore qu'elle a agi pour le bien de la famille. Eh bien, regarde-la maintenant, la famille Cardinal, regarde-la bien et dis-moi si tu vois autre chose que notre propre condamnation.

— Tu m'as obligée à mettre la robe d'Angèle, la robe qu'elle se gardait pour le dimanche, sa robe à fleurs, la robe qui devait occulter sa mort, ne viens surtout pas me dire que tu as oublié.

» Tu savais très bien ce que tu faisais et pourquoi tu le faisais. Tu n'as pas cessé de m'expliquer pendant que tu faisais mes bagages, les bagages d'Angèle, tu ne m'as pas laissé une seconde de réflexion. Tu allais et venais, à la salle de lavage, dans les chambres, et tu parlais, parlais, parlais, tu m'étourdissais de paroles pendant que tu ramassais les vêtements, les livres, tout ce qui avait appartenu à Angèle et devait disparaître avec elle, ses robes, ses tuniques, ses blouses blanches de collégienne, et le chapeau de la McDougall, tu te souviens? le chapeau à aigrette que tu es allée chercher au fond de l'armoire, derrière une pile de vieux catalogues. Tu as enfourné le chapeau et tout le reste dans des sacs bruns qui devaient constituer les bagages d'Angèle et fournir la preuve qu'elle était partie, "de son plein gré et pour ne jamais revenir", tu te souviens?

» Je n'ai pas oublié un mot de ce que tu m'as dit.

» Sauver la famille, il fallait sauver la famille. Les culs-terreux allaient venir, la police, la honte, la prison, la douleur, notre mère n'y survivrait pas, aucun de nous n'y survivrait. Il fallait être forts, plus forts que la racaille qui voudrait s'en prendre à nous, plus forts que tout, il fallait empêcher les autres de nous broyer comme si nous étions des riens. C'est ce que tu as dit.»

J'étais sous le joug, je ne pouvais pas m'arracher à ses paroles. Elle allait et venait, elle se démenait avec la fureur d'un animal pris au piège, elle faisait toutes les pièces pour ramasser ce qui pouvait avoir appartenu à Angèle et me constituer un bagage avant que, là-bas, sur la montagne, on n'ait fini de s'étonner de la force de l'explosion, et qu'ils nous reviennent, tous, suivis de la haine des culs-terreux, et qu'ils aient le temps de penser. «Il faut faire face, il faut être prêtes à faire face.» Sa voix ne me lâchait pas d'une seconde.

J'étais à une éternité de la chambre verte. Je suivais les traces d'Angèle, je voulais m'enfoncer dans la lumière qui absorbait son âme et ne plus jamais revenir à la vie.

Ce qui est arrivé ensuite, inutile de le raconter, je peux le lire dans chaque paire d'yeux qui m'observe. Une robe légère à fleurs jaunes s'agite au fond d'une vieille auto. Elle frémit, elle palpite, l'air est vibrant de chaleur, un mince sourire s'étire faiblement, et ils la voient disparaître au loin dans une envolée de poussière. Geronimo la suit des yeux jusqu'au pont couvert. Il sait qu'il aura encore une fois à rencontrer mon regard. Émilien baisse la tête. C'en est trop pour lui.

— Je suis revenue à travers bois comme tu m'avais dit. En pantalon et en chemise.

LaPucelle est anéantie. Tout ce qu'elle avait pensé, organisé, échafaudé, la grande œuvre de sa vie, tout ce qu'elle avait fait pour sauver la famille, tout cela s'est écroulé. Il n'y a plus de secret, plus de gardienne sur les remparts, LaPucelle s'est effondrée en un petit tas de sentiments tordus.

Comment a-t-elle pu croire qu'elle pouvait retenir, à elle seule et pendant toutes ces années, l'âme d'Angèle qui demandait à être reconnue? À la maison, les murs en étaient pleins. Une présence tangible, lourde et prégnante, qui se nourrissait de silence et envahissait nos nuits. Notre mère avait abandonné ses randonnées nocturnes. Plus personne ne venait se pencher sur la lourdeur de nos rêves. Angèle, si légère, si incroyablement légère du temps où elle habitait son corps, nous accablait de tout le poids amer d'une âme en peine.

Je n'ai pas fait un an dans cette maison. Ce n'est qu'après l'avoir quittée que j'ai retrouvé la voie ailée qui m'a ramenée auprès de mon Angèle.

Je me suis juré que plus jamais on ne m'obligerait à m'exhiber sous les apparences d'Angèle. Cette parade dans l'auto d'Émilien, alors que mon âme était encore dans les profondeurs de la mine, à la recherche d'Angèle, alors que l'horreur était à son comble, moi dans sa belle robe à fleurs, assise sur la banquette arrière, vivante, bien portante et affichant son sourire, et elle en bouillie sous des tonnes de roches, cette abominable comédie qu'il m'a fallu tenir jusqu'au pont couvert... oh Angèle! Ne pourras-tu jamais me pardonner!

Dans le petit bois, sur le chemin de retour, je me suis juré que plus personne ne m'obligerait à faire apparaître le sourire d'Angèle sur mes lèvres.

LaPucelle l'a senti quand nos regards se sont croisés dans le hall de l'hôtel. Elle a bien vu que rien ne pouvait me forcer à faire intervenir encore une fois le miracle. Il n'y a qu'à Kangirsujuaq, dans le silence de mes longues marches solitaires, que le sourire d'Angèle revient à la source de mon âme.

Maintenant que tout est dit, que son esprit peut reposer en paix en chacun de nous, je voudrais retourner à mes promenades le long de la baie, retrouver Noah, ses bras ronds et lisses autour de mes épaules, ses mains chaudes, nos conversations silencieuses. Qu'on en finisse avec cette cérémonie, qu'on remette la médaille à notre père et qu'on me laisse couler des jours tranquilles avec l'homme qui m'attend.

— Tu ne nous as pas tout dit... commence Tintin, comme s'il lisait dans mes pensées.

Il est dans un coin, à l'autre bout de la pièce, à côté d'un énorme et monstrueux philodendron qui le cache à moitié. C'est à peine si l'on peut voir sa longue silhouette et l'épaisse tignasse ébouriffée qui l'a toujours distingué. Mais dans la salle, on sait que c'est lui qui vient de parler. On reconnaît la voix douce et triste.

La masse compacte qui entourait nos parents s'est disloquée. Au fur et à mesure que j'émergeais de mon récit, j'ai vu les regards, les gestes, lourds et informes. Lentement, tout doucement, ils se sont détachés les uns des autres et sont allés se heurter contre les murs de la salle.

Il ne reste au centre de la pièce que deux vieillards unis par leurs mains noueuses.

— Tu ne nous as pas tout dit, répète Tintin d'une voix plus assurée.

Geronimo, de l'autre bout de la salle, vient à sa rescousse.

— Il a raison. Tu n'as pas tout dit. Il y a une seule question qui mérite d'être entendue maintenant.

Il avance vers moi d'un pas presque menaçant

tellement ce qu'il porte en lui est chargé d'appré-
hensions.

— Qu'est-ce qu'Angèle faisait à la mine ce
jour-là ?

La question est venue de je ne sais qui derrière
lui.

Comme un écho démultiplié à l'infini, j'entends la question heurter la mince paroi des
pensées, le grondement sourd qui racle le fond
des consciences, et de l'un à l'autre, le gonflement d'une seule et même voix qui se charge de
me révéler que personne, absolument personne,
ne sait ce qu'Angèle faisait à la mine ce jour-là.
Comment est-ce Dieu possible ! Personne n'aurait donc compris ?

Pendant que j'essaie de me faire à l'idée qu'il
me faudra leur raconter, leur expliquer, leur dire
ce qu'a été Angèle, la voix flûtée de notre père
s'élève dans le silence de la salle et demande à la
silhouette qui n'a pas quitté l'ombre protectrice
du philodendron :

— Et toi, Justin, nous diras-tu ce que tu faisais
à la mine ce jour-là ?

Tintin s'extirpe de son couvert de feuillage
et commence une histoire compliquée, difficile,
emmêlée, de bâtons de dynamite et de sentiments qui ne veulent pas se nommer.

— Je ne me souviens pas de ce que j'étais
avant. Un garçon comme il y en a tant, probablement, heureux et libre de ses pensées. C'est après
que sont venus les nuits sans sommeil, les jours
sans soleil, je ne savais plus vivre. J'ai réappris.

Pour les autres, pas pour moi, je ne vis plus pour moi. Je n'ai pensé à rien quand je suis descendu dans le puits de la mine. Même pas au danger. J'espérais une belle explosion, c'est tout.

Geronimo vient l'appuyer quand il s'embourbe, qu'il hésite sur un détail, il explique à son tour, s'accuse, Tintin s'offusque, refuse qu'il prenne toute la culpabilité à son compte. J'écoute à peine. Leur récit n'a plus d'importance maintenant. Qui a posé la charge fatale ? D'où est venue l'explosion qui a emporté Angèle ? Du puits de la mine ? Du pilier latéral ? Quelle importance puisque personne n'a compris le geste d'Angèle, ce qui l'a amenée à la mine, sa véritable motivation.

Quand ils en auront fini de se flageller, ce sera à moi de prendre la parole et de dire ce qui a été. Comprendront-ils enfin ? Il le faudra. Je ne peux pas laisser la mort d'Angèle se résumer à quelques bâtons de dynamite fichés dans le roc. Il leur faudra accepter pire que la mort d'Angèle, il leur faudra accepter de revenir à eux-mêmes, à nous tous, réunis au salon, autour de notre infâme divan à trois places... Oh Angèle ! Se peut-il que ce qui s'est passé alors leur ait échappé au point que leur conscience n'en ait rien gardé ?

Je leur dirai, je raconterai, je n'omettrai rien. Cette ultime rencontre de famille qui nous a réunis, prétendument pour l'anniversaire du Taon mais que nous savions tous être un conseil de guerre, la rencontre de la dernière chance, car la

New Northern Consolidated était à nos portes, elle allait investir notre mine et découvrir le tunnel que nous y avions creusé si nous ne trouvions pas une façon de l'en détourner, cette fausse fête de famille a été le théâtre d'une tragédie intime qui a conduit à l'immolation d'Angèle.

Je ne leur épargnerai rien. Ils sauront tout. Minute par minute, seconde par seconde, je leur ferai le récit de cette journée qui a précédé la mort d'Angèle et ils sauront alors que nous sommes tous, TOUS, responsables de sa mort et qu'il est inutile de s'égosiller sur le nombre de bâtons de dynamite que l'un ou l'autre a plantés dans le roc.

Comment leur conscience a-t-elle réussi à s'échapper, par quel chemin tortueux s'est-elle faufilée pour qu'il ne leur reste rien de ce qui s'est passé cette journée-là?

Nous étions au salon, enfin tous ceux qui comptaient vraiment dans cette famille y étaient. Geronimo, LeGrandJaune et Fakir, nos plus ardents discoureurs, installés dans l'inconfort du divan, une place de choix malgré les ressorts qui pointaient entre les creux et les bosses. À côté, assis de guingois sur un bras du divan, Tintin, attentif à tout ce qui se disait. Et sur l'autre bras du divan, Matma. Qui d'autre était là? LaPucelle, bien entendu, appuyée contre l'encadrement de la porte de la cuisine, sa place habituelle. Mustang et Yahou, à cheval sur des chaises au centre de la pièce. Derrière eux, Toutank et Magnum, grimpés sur ce qui à l'origine avait dû être un comptoir de cuisine et servait de support à un immense fouillis. Et dans un coin, près de la télé, Émilien, silencieux et lugubre, caché derrière un nuage de fumée de cigarette.

En fait, pendant toute la journée, la soirée et une partie de la nuit, il y avait eu un va-et-vient continuel, une agitation qui se transportait du salon à la cuisine, de la cuisine à l'étage. Pas une pièce de la maison n'échappait à l'effervescence de ce grand rassemblement qui, après le dynamitage du Taon à la sablière, comme le voulait la tradition familiale, nous emportait dans des discussions qui n'en finissaient pas de refaire le monde à notre image. Au creux de la vague, cette fois-ci, s'était glissée une préoccupation beaucoup plus immédiate : comment empêcher la New Northern Consolidated d'aller mettre son nez dans notre tunnel.

Il n'y a que les plus jeunes qui se soient tenus à l'écart de nos discussions. Ils étaient dehors la plupart du temps, accaparés par la fascination de tous ces véhicules parqués devant la maison, cinq ou six tacots poussifs et crachotants que les Grands avaient ramenés de la grande ville. Dehors, Néfertiti, Wapiti, Tootsie et LeFion s'époumonaient sur des routes imaginaires : vrombissements de moteur, crissements de pneu, écrabouillements de ferraille. Même en klaxonnant à l'unisson, ils n'arrivaient pas à ce qu'à l'intérieur on s'inquiète de leur vacarme.

Entre la ferveur de nos discussions et le boucan des Titis circulaient ceux qui n'avaient pour ainsi dire pas de statut dans la famille : trop jeunes pour les uns, trop vieux pour les autres, ils ne tenaient pas en place. ElToro, qu'on aurait dû appeler LaFouine tellement il était curieux, était partout à la fois.

Notre père ne s'est montré au salon qu'en fin de soirée. Angèle avait déjà été condamnée. Cela s'est produit tout juste après le souper. LePère, terré dans sa cave, et notre mère, à côté, dans la cuisine, ont-ils compris ce qui se passait ? Moi-même qui étais là, au centre du drame, je n'en ai mesuré toute l'étendue que lorsqu'il était trop tard. Angèle avait pris sa décision.

Nous étions là, nous tous qui cherchions au creux de nos discussions une façon de détourner la calamité qui allait s'abattre sur notre famille. La menace surgissait régulièrement, sourde, hostile, dans les débats qui nous agitaient. Elle nous accablait d'un lourd sentiment d'impuissance, car le temps passait et nous n'avions trouvé aucun moyen de protéger notre tunnel de l'œil inquisiteur de la New Northern Consolidated.

C'est ici que le récit en arrive au moment où Angèle a pris sa décision. Ô dieux de tous les enfers ! donnez-moi la force des mots, car il faut maintenant aborder des rives hérissées d'embûches et de malentendus. Comment leur faire comprendre ?

Angèle et moi étions, comme toujours, l'une à côté de l'autre, assises par terre le long du mur qui faisait face au divan. Nous n'avions ni l'une ni l'autre dit un seul mot pendant la discussion.

Nous n'aurions pas osé. La parole appartenait d'abord aux occupants du divan qui débattaient de tous les sujets avec autorité. Les autres s'en emparaient dès qu'ils sentaient qu'on leur laissait le terrain libre et c'était alors une vigoureuse empoignade d'arguments qui nous rappelait cette époque pas si lointaine où nous étions les maîtres de Norco et où aucune menace ne planait sur nous. Et comme aux beaux jours d'autrefois, il y en avait un qui se levait pour aller se soulager au cagibi ou simplement se dégourdir les jambes et qui lançait un Aheumplace bien sonné, accompagné d'une clownerie ou d'un pet triomphant.

Comment leur faire comprendre qu'Angèle n'a pas voulu renier la famille ni aucun de ses codes, qu'elle n'a voulu offenser ni défier personne quand elle s'est levée et qu'au lieu du Aheumplace auquel on devait normalement s'attendre, elle a dit, très clairement et très distinctement, chaque mot sonnant le tocsin de sa condamnation : «Que personne ne prenne ma place.»

Je ne sais pas ce qu'elle avait en tête, je ne sais même pas si elle avait quelque chose en tête quand elle a fait cette chose stupide et insensée.

C'était un affront sans nom. Venant de tout autre qu'elle, ça n'aurait été qu'une plaisanterie, une boutade sans conséquences, mais le mince fil sur lequel se tenait Angèle depuis tellement d'années ne lui permettait pas de telles acrobaties. A-t-elle voulu tester la solidité de ce fil, a-t-elle voulu savoir jusqu'où l'appartenance à cette famille lui était acquise ?

La condamnation a été dure, implacable, sans appel. Personne n'a eu le plus infime mouvement de cœur vers elle. Même pas moi, qui suis restée immobile, le regard fixé au plancher. Ma dernière trahison.

Un silence aigu a traversé le salon de part en part. Une térébrante absence de cœur. Angèle, debout au milieu de nous, suppliciée, attendait qu'une parole effilée et acerbe, une méchanceté quelconque, fuse de quelque part et vienne la délivrer de ces longues minutes d'éternité. Rien n'est venu. Le silence était son châtiment, sa condamnation.

J'étais à un souffle d'elle, j'aurais pu la toucher rien qu'en déplaçant ma main, très légèrement, à peine un mouvement, même pas un geste, personne n'en aurait rien vu, et elle aurait eu quelqu'un à qui s'accrocher, quelqu'un qui l'aurait retenue pendant que la vie se dérobait sous ses pieds. Mais je n'en ai rien fait. J'étais moi aussi sous le coup de l'affront, de la condamnation, j'étais bourreau et suppliciée, j'étais engluée de sentiments mêlés, j'ai été lâche encore une fois. Oh ! Angèle... Pourras-tu jamais me pardonner ?

Le silence s'est répandu comme une tempête dans la maison. Les Titis ont cessé leur vacarme, on ne courait plus dans les escaliers, plus aucun bruit nulle part, le temps s'était figé. Angèle a fait le tour de chacun de nous, cherchant une fissure dans le mur de la condamnation et, ne la trouvant pas, elle a quitté le salon d'un pas décidé. Elle avait pris sa décision.

Comment avons-nous pu être aveugles à ce point?

Elle allait de ce pas se charger de dynamite pour faire exploser le pilier central de la mine. Elle, si douce et si gracile, elle allait se glisser dans l'antre caverneux de la mine et de ses mains délicates, entourer le pilier d'un chapelet de bâtons de dynamite et attendre que l'explosion vienne la libérer.

Elle savait parfaitement ce qu'elle faisait. Depuis sa visite à la mine avec Geronimo, elle connaissait l'importance du pilier central, mais croyait être seule dans cette tragique équipée. Et eux, Geronimo et Tintin, quand ils sont arrivés chacun de leur côté avec leur impétuosité de mâle conquérant, ils ignoraient qu'Angèle les avait devancés. Horrible méprise du destin!

Elle ne s'est pas suicidée. Elle s'est sacrifiée, elle s'est immolée sur l'autel familial. Pour nous sauver tous et pour se racheter, elle, d'une faute qu'elle n'avait pas commise. Pour sceller à tout jamais son appartenance à la famille Cardinal. Oh! Angèle... Pourras-tu jamais nous pardonner?

DU MÊME AUTEUR

Aux Éditions Denoël

IL PLEUVAIT DES OISEAUX, 2013, précédemment publié aux
Éditions XYZ, 2011 (Folio n° 5874)

LES HÉRITIERS DE LA MINE, 2015, précédemment publié
aux Éditions XYZ, 2006 (Folio n° 6196)

Aux Éditions XYZ (Montréal)

JEANNE SUR LES ROUTES, coll. «Romanichels», 2006

LA VIE COMME UNE IMAGE, coll. «Romanichels», 1996

244

COLLECTION FOLIO

Dernières parutions

5903. Ferdinand von Schirach	*Le hérisson* et autres nouvelles
5904. Oscar Wilde	*Le millionnaire modèle et autres contes*
5905. Stefan Zweig	*Découverte inopinée d'un vrai métier* suivi de *La vieille dette*
5906. Franz Bartelt	*Le fémur de Rimbaud*
5907. Thomas Bernhard	*Goethe se mheurt*
5908. Chico Buarque	*Court-circuit*
5909. Marie Darrieussecq	*Il faut beaucoup aimer les hommes*
5910. Erri De Luca	*Un nuage comme tapis*
5911. Philippe Djian	*Love Song*
5912. Alain Finkielkraut	*L'identité malheureuse*
5913. Tristan Garcia	*Faber. Le destructeur*
5915. Thomas Gunzig	*Manuel de survie à l'usage des incapables*
5916. Henri Pigaillem	*L'Histoire à la casserole. Dictionnaire historique de la gastronomie*
5917. Michel Quint	*L'espoir d'aimer en chemin*
5918. Jean-Christophe Rufin	*Le collier rouge*
5919. Christian Bobin	*L'épuisement*
5920. Collectif	*Waterloo. Acteurs, historiens, écrivains*
5921. Santiago H. Amigorena	*Des jours que je n'ai pas oubliés*
5922. Tahar Ben Jelloun	*L'ablation*
5923. Tahar Ben Jelloun	*La réclusion solitaire*
5924. Raphaël Confiant	*Le Bataillon créole (Guerre de 1914-1918)*
5925. Marc Dugain	*L'emprise*

5926. F. Scott Fitzgerald — *Tendre est la nuit*
5927. Pierre Jourde — *La première pierre*
5928. Jean-Patrick Manchette — *Journal (1966-1974)*
5929. Scholastique Mukasonga — *Ce que murmurent les collines. Nouvelles rwandaises*
5930. Timeri N. Murari — *Le Cricket Club des talibans*
5931. Arto Paasilinna — *Les mille et une gaffes de l'ange gardien Ariel Auvinen*
5932. Ricardo Piglia — *Pour Ida Brown*
5933. Louis-Bernard Robitaille — *Les Parisiens sont pires que vous ne le croyez*
5934. Jean Rolin — *Ormuz*
5935. Chimamanda Ngozi Adichie — *Nous sommes tous des féministes* suivi des *Marieuses*
5936. Victor Hugo — *Claude Gueux*
5937. Richard Bausch — *Paix*
5938. Alan Bennett — *La dame à la camionnette*
5939. Sophie Chauveau — *Noces de Charbon*
5940. Marcel Cohen — *Sur la scène intérieure*
5941. Hans Fallada — *Seul dans Berlin*
5942. Maylis de Kerangal — *Réparer les vivants*
5943. Mathieu Lindon — *Une vie pornographique*
5944. Farley Mowat — *Le bateau qui ne voulait pas flotter*
5945. Denis Podalydès — *Fuir Pénélope*
5946. Philippe Rahmy — *Béton armé*
5947. Danièle Sallenave — *Sibir. Moscou-Vladivostok*
5948. Sylvain Tesson — *S'abandonner à vivre*
5949. Voltaire — *Le Siècle de Louis XIV*
5950. Dôgen — *Instructions au cuisinier zen* suivi de *Propos de cuisiniers*
5951. Épictète — *Du contentement intérieur et autres textes*
5952. Fénelon — *Voyage dans l'île des plaisirs. Fables et histoires édifiantes*

5953. Meng zi — *Aller au bout de son cœur* précédé du *Philosophe Gaozi*

5954. Voltaire — *De l'horrible danger de la lecture et autres invitations à la tolérance*

5955. Cicéron — *« Le bonheur dépend de l'âme seule ». Tusculanes, livre V*

5956. Lao-tseu — *Tao-tö king*

5957. Marc Aurèle — *Pensées. Livres I-VI*

5958. Montaigne — *Sur l'oisiveté et autres essais en français moderne*

5959. Léonard de Vinci — *Prophéties* précédé de *Philosophie* et *Aphorismes*

5960. Alessandro Baricco — *Mr Gwyn*

5961. Jonathan Coe — *Expo 58*

5962. Catherine Cusset — *La blouse roumaine*

5963. Alain Jaubert — *Au bord de la mer violette*

5964. Karl Ove Knausgaard — *La mort d'un père*

5965. Marie-Renée Lavoie — *La petite et le vieux*

5966. Rosa Liksom — *Compartiment n° 6*

5967. Héléna Marienské — *Fantaisie-sarabande*

5968. Astrid Rosenfeld — *Le legs d'Adam*

5969. Sempé — *Un peu de Paris*

5970. Zadie Smith — *Ceux du Nord-Ouest*

5971. Michel Winock — *Flaubert*

5972. Jonathan Coe — *Les enfants de Longsbridge*

5973. Anonyme — *Pourquoi l'eau de mer est salée et autres contes de Corée*

5974. Honoré de Balzac — *Voyage de Paris à Java*

5975. Collectif — *Des mots et des lettres*

5976. Joseph Kessel — *Le paradis du Kilimandjaro et autres reportages*

5977. Jack London — *Une odyssée du Grand Nord*

5978. Thérèse d'Avila — *Livre de la vie*

5979. Iegor Gran — *L'ambition*

5980. Sarah Quigley — *La symphonie de Leningrad*
5981. Jean-Paul Didierlaurent — *Le liseur du 6h27*
5982. Pascale Gautier — *Mercredi*
5983. Valentine Goby — *Sept jours*
5984. Hubert Haddad — *Palestine*
5985. Jean Hatzfeld — *Englebert des collines*
5986. Philipp Meyer — *Un arrière-goût de rouille*
5987. Scholastique Mukasonga — *L'Iguifou*
5988. Pef — *Ma guerre de cent ans*
5989. Pierre Péju — *L'état du ciel*
5990. Pierre Raufast — *La fractale des raviolis*
5991. Yasmina Reza — *Dans la luge d'Arthur Schopenhauer*
5992. Pef — *Petit éloge de la lecture*
5993. Philippe Sollers — *Médium*
5994. Thierry Bourcy — *Petit éloge du petit déjeuner*
5995. Italo Calvino — *L'oncle aquatique*
5996. Gérard de Nerval — *Le harem*
5997. Georges Simenon — *L'Étoile du Nord*
5998. William Styron — *Marriott le marine*
5999. Anton Tchékhov — *Les groseilliers*
6000. Yasmina Reza — *Adam Haberberg*
6001. P'ou Song-ling — *La femme à la veste verte*
6002. H. G. Wells — *Le cambriolage d'Hammerpond Park*
6003. Dumas — *Le Château d'Eppstein*
6004. Maupassant — *Les Prostituées*
6005. Sophocle — *Œdipe roi*
6006. Laura Alcoba — *Le bleu des abeilles*
6007. Pierre Assouline — *Sigmaringen*
6008. Yves Bichet — *L'homme qui marche*
6009. Christian Bobin — *La grande vie*
6010. Olivier Frébourg — *La grande nageuse*
6011. Romain Gary — *Le sens de ma vie* (à paraître)
6012. Perrine Leblanc — *Malabourg*
6013. Ian McEwan — *Opération Sweet Tooth*

6014.	Jean d'Ormesson	*Comme un chant d'espérance*
6015.	Orhan Pamuk	*Cevdet Bey et ses fils*
6016.	Ferdinand von Schirach	*L'affaire Collini*
6017.	Israël Joshua Singer	*La famille Karnovski*
6018.	Arto Paasilinna	*Hors-la-loi*
6019.	Jean-Christophe Rufin	*Les enquêtes de Providence*
6020.	Maître Eckart	*L'amour est fort comme la mort et autres textes*
6021.	Gandhi	*La voie de la non-violence*
6022.	François de La Rochefoucauld	*Maximes*
6023.	Collectif	*Pieds nus sur la terre sacrée*
6024.	Saâdi	*Le Jardin des Fruits*
6025.	Ambroise Paré	*Des monstres et prodiges*
6026.	Antoine Bello	*Roman américain*
6027.	Italo Calvino	*Marcovaldo* (à paraître)
6028.	Erri De Luca	*Le tort du soldat*
6029.	Slobodan Despot	*Le miel*
6030.	Arthur Dreyfus	*Histoire de ma sexualité*
6031.	Claude Gutman	*La loi du retour*
6032.	Milan Kundera	*La fête de l'insignifiance*
6033.	J.M.G. Le Clezio	*Tempête* (à paraître)
6034.	Philippe Labro	*« On a tiré sur le Président »*
6035.	Jean-Noël Pancrazi	*Indétectable*
6036.	Frédéric Roux	*La classe et les vertus*
6037.	Jean-Jacques Schuhl	*Obsessions*
6038.	Didier Daeninckx – Tignous	*Corvée de bois*
6039.	Reza Aslan	*Le Zélote*
6040.	Jane Austen	*Emma*
6041.	Diderot	*Articles de l'Encyclopédie*
6042.	Collectif	*Joyeux Noël*
6043.	Tignous	*Tas de riches*
6044.	Tignous	*Tas de pauvres*
6045.	Posy Simmonds	*Literary Life*
6046.	William Burroughs	*Le festin nu*

6047. Jacques Prévert — *Cinéma* (à paraître)
6048. Michèle Audin — *Une vie brève*
6049. Aurélien Bellanger — *L'aménagement du territoire*
6050. Ingrid Betancourt — *La ligne bleue*
6051. Paule Constant — *C'est fort la France !*
6052. Elena Ferrante — *L'amie prodigieuse*
6053. Éric Fottorino — *Chevrotine*
6054. Christine Jordis — *Une vie pour l'impossible*
6055. Karl Ove Knausgaard — *Un homme amoureux, Mon combat II*
6056. Mathias Menegoz — *Karpathia*
6057. Maria Pourchet — *Rome en un jour*
6058. Pascal Quignard — *Mourir de penser*
6059. Éric Reinhardt — *L'amour et les forêts*
6060. Jean-Marie Rouart — *Ne pars pas avant moi*
6061. Boualem Sansal — *Gouverner au nom d'Allah* (à paraître)
6062. Leïla Slimani — *Dans le jardin de l'ogre*
6063. Henry James — *Carnets*
6064. Voltaire — *L'Affaire Sirven*
6065. Voltaire — *La Princesse de Babylone*
6066. William Shakespeare — *Roméo et Juliette*
6067. William Shakespeare — *Macbeth*
6068. William Shakespeare — *Hamlet*
6069. William Shakespeare — *Le Roi Lear*
6070. Alain Borer — *De quel amour blessée* (à paraître)
6071. Daniel Cordier — *Les feux de Saint-Elme*
6072. Catherine Cusset — *Une éducation catholique*
6073. Eugène Ébodé — *La Rose dans le bus jaune*
6074. Fabienne Jacob — *Mon âge*
6075. Hedwige Jeanmart — *Blanès*
6076. Marie-Hélène Lafon — *Joseph*
6077. Patrick Modiano — *Pour que tu ne te perdes pas dans le quartier*
6078. Olivia Rosenthal — *Mécanismes de survie en milieu hostile*

6079.	Robert Seethaler	*Le tabac Tresniek*
6080.	Taiye Selasi	*Le ravissement des innocents*
6081.	Joy Sorman	*La peau de l'ours*
6082.	Claude Gutman	*Un aller-retour*
6083.	Anonyme	*Saga de Hávardr de l'Ísafjördr*
6084.	René Barjavel	*Les enfants de l'ombre*
6085.	Tonino Benacquista	*L'aboyeur*
6086.	Karen Blixen	*Histoire du petit mousse*
6087.	Truman Capote	*La guitare de diamants*
6088.	Collectif	*L'art d'aimer*
6089.	Jean-Philippe Jaworski	*Comment Blandin fut perdu*
6090.	D.A.F. de Sade	*L'Heureuse Feinte*
6091.	Voltaire	*Le taureau blanc*
6092.	Charles Baudelaire	*Fusées – Mon cœur mis à nu*
6093.	Régis Debray et Didier Lescri	*La laïcité au quotidien. Guide pratique*
6094.	Salim Bachi	*Le consul* (à paraître)
6095.	Julian Barnes	*Par la fenêtre*
6096.	Sophie Chauveau	*Manet, le secret*
6097.	Frédéric Ciriez	*Mélo*
6098.	Philippe Djian	*Chéri-Chéri*
6099.	Marc Dugain	*Quinquennat*
6100.	Cédric Gras	*L'hiver aux trousses. Voyage en Russie d'Extrême-Orient*
6101.	Célia Houdart	*Gil*
6102.	Paulo Lins	*Depuis que la samba est samba*
6103.	Francesca Melandri	*Plus haut que la mer*
6104.	Claire Messud	*La Femme d'En Haut*
6105.	Sylvain Tesson	*Berezina*
6106.	Walter Scott	*Ivanhoé*
6107.	Épictète	*De l'attitude à prendre envers les tyrans*
6108.	Jean de La Bruyère	*De l'homme*
6109.	Lie-tseu	*Sur le destin*
6110.	Sénèque	*De la constance du sage*

6111.	Mary Wollstonecraft	*Défense des droits des femmes*
6112.	Chimamanda Ngozi Adichie	*Americanah*
6113.	Chimamanda Ngozi Adichie	*L'hibiscus pourpre*
6114.	Alessandro Baricco	*Trois fois dès l'aube*
6115.	Jérôme Garcin	*Le voyant*
6116.	Charles Haquet et Bernard Lalanne	*Procès du grille-pain et autres objets qui nous tapent sur les nerfs*
6117.	Marie-Laure Hubert Nasser	*La carapace de la tortue*
6118.	Kazuo Ishiguro	*Le géant enfoui*
6119.	Jacques Lusseyran	*Et la lumière fut*
6120.	Jacques Lusseyran	*Le monde commence aujourd'hui*
6121.	Gilles Martin-Chauffier	*La femme qui dit non*
6122.	Charles Pépin	*La joie*
6123.	Jean Rolin	*Les événements*
6124.	Patti Smith	*Glaneurs de rêves*
6125.	Jules Michelet	*La Sorcière*
6126.	Thérèse d'Avila	*Le Château intérieur*
6127.	Nathalie Azoulai	*Les manifestations*
6128.	Rick Bass	*Toute la terre qui nous possède*
6129.	William Fiennes	*Les oies des neiges*
6130.	Dan O'Brien	*Wild Idea*
6131.	François Suchel	*Sous les ailes de l'hippocampe. Canton-Paris à vélo*
6132.	Christelle Dabos	*Les fiancés de l'hiver. La Passe-miroir, Livre 1*
6133.	Annie Ernaux	*Regarde les lumières mon amour*
6134.	Isabelle Autissier et Erik Orsenna	*Passer par le Nord. La nouvelle route maritime*

6135. David Foenkinos   *Charlotte*
6136. Yasmina Reza   *Une désolation*
6137. Yasmina Reza   *Le dieu du carnage*
6138. Yasmina Reza   *Nulle part*
6139. Larry Tremblay   *L'orangeraie*
6140. Honoré de Balzac   *Eugénie Grandet*
6141. Dôgen   *La Voie du zen. Corps et esprit*
6142. Confucius   *Les Entretiens*
6143. Omar Khayyâm   *Vivre te soit bonheur !*
     Cent un quatrains
     de libre pensée
6144. Marc Aurèle   *Pensées. Livres VII-XII*
6145. Blaise Pascal   *L'homme est un roseau pensant.*
     Pensées (liasses I-XV)
6146. Emmanuelle
      Bayamack-Tam   *Je viens*
6147. Alma Brami   *J'aurais dû apporter des fleurs*
6148. William Burroughs   *Junky* (à paraître)
6149. Marcel Conche   *Épicure en Corrèze*
6150. Hubert Haddad   *Théorie de la vilaine*
     petite fille
6151. Paula Jacques   *Au moins il ne pleut pas*
6152. László Krasznahorkai   *La mélancolie de la résistance*
6153. Étienne de Montety   *La route du salut*
6154. Christopher Moore   *Sacré Bleu*
6155. Pierre Péju   *Enfance obscure*
6156. Grégoire Polet   *Barcelona !*
6157. Herman Raucher   *Un été 42*
6158. Zeruya Shalev   *Ce qui reste de nos vies*
6159. Collectif   *Les mots pour le dire.*
     Jeux littéraires
6160. Théophile Gautier   *La Mille et Deuxième Nuit*
6161. Roald Dahl   *À moi la vengeance S.A.R.L.*
6162. Scholastique Mukasonga   *La vache du roi Musinga*
6163. Mark Twain   *À quoi rêvent les garçons*
6164. Anonyme   *Les Quinze Joies du mariage*
6165. Elena Ferrante   *Les jours de mon abandon*

Composition Dominique Guillaumin
Impression Novoprint
à Barcelone, le 23 septembre 2016
Dépôt légal : septembre 2016
ISBN 978-2-07-046972-7 / Imprimé en Espagne

296134